Elisabeth Langgässer

Triptychon des Teufels

Ein Buch von dem Hass,
dem Börsenspiel und der Unzucht

Elisabeth Langgässer: Triptychon des Teufels. Ein Buch von dem Hass, dem Börsenspiel und der Unzucht

Erstdruck: Dresden, W. Jess, 1932

Neuausgabe
Herausgegeben von Karl-Maria Guth
Berlin 2021

Der Text dieser Ausgabe wurde behutsam an die neue deutsche Rechtschreibung angepasst.

Umschlaggestaltung von Thomas Schultz-Overhage unter Verwendung des Bildes: Elisabeth Langgässer, 1937

Gesetzt aus der Minion Pro, 11 pt

Die Sammlung Hofenberg erscheint im Verlag
Henricus - Edition Deutsche Klassik GmbH, Berlin
Herstellung: Books on Demand, Norderstedt

ISBN 978-3-7437-4093-8

Bibliografische Information der Deutschen Nationalbibliothek:
Die Deutsche Nationalbibliothek verzeichnet diese Publikation in der Deutschen Nationalbibliografie; detaillierte bibliografische Daten sind im Internet über www.dnb.de abrufbar.

Mars

In O., einer kleinen Stadt am Rhein, trug sich im Jahre 1920, während der französischen Besatzung, folgendes Begebnis zu:

Eine junge Wirtsfrau, nachts in den Kissen sitzend, weil sie hochschwanger und daher beim Atmen behindert war, glaubte plötzlich entferntes Trommeln zu hören, das, je nach der Richtung des Windes, sich bald zu nähern, bald zu entfernen schien.

Einen Herzschlag lang erschrocken, wie es natürlich ist, wenn die Nacht sich fremder Laute bedient, entsann sie sich gleich danach, dass für die nächste Zeit wieder Einquartierung angesagt und schon vor Tagen auf die Häuser verteilt worden war: »Hommes«, »Chevaux« und »Officiers«, bedeutungsvolle Worte für die Einwohner des grauen Städtchens, leuchteten, noch ehe die Träger derselben leibhaftig eingerückt waren, von den meisten Türen herunter und trugen eine Kreideziffer davor, deren Höhe sich nach den Räumlichkeiten und dem Besitzstand des Eigentümers richtete und leicht hätte verwischt oder geändert werden können, wenn nicht der Umkreis des Schreckens größer gewesen wäre als die sichtbare Reichweite seines Arms.

Gleichsam zur Rechenschaft aufgefordert, überdachte die Wirtin noch einmal alle Vorbereitungen in Küche, Keller und Kammern, die halb dazu gedient hatten, die ungebetenen Gäste würdig zu empfangen, halb jener Übung von alters her gefolgt waren, Wertvolles zu verbergen, obwohl man aus vorangegangenen Wochen wohl wusste, dass eine Plünderung im Kleinen nicht zu befürchten war. Doch ist es Menschenart, in Erwartung großer Dinge die ersten Bräuche zu üben und dem Schauerlichen den Reiz kindlicher Spiele beizumischen, welche mit kecker Begierde das Schicksal umflattern wie Amor den Helmbusch und die Rüstung seines Vaters.

Ein Windstoß aus Südwesten blähte die gestärkten Fenstergardinen, und während sich gleichzeitig, durch eine Veränderung seiner Lage, das Ungeborene heftig bewegte, schien es der Frau, als ob jenes dumpfe Trommeln von Oboen, Flöten und Hörnern allmählich aufgehellt und höher getrieben würde, bis es über einem Orte stillstand, den die Wirtin, der Herkunft des Schalles nach, als das Beinhaus neben der Kirche zu erkennen glaubte – ein unterkellertes Steingewölbe, dessen Wände mit Totenschädeln und gekreuzten Knochen ausgekleidet und in angemessenen Abständen von splitterigen Rosetten unterbrochen waren. Dorthin pflegte man bisweilen nach dem Hochamt hinabzusteigen, um mit angenehmem Schauder die Überreste der Spanier von denen der Schweden abzusondern: Jene waren kleiner und von vollkommener Rundung wie Kegelkugeln, diese nach hinten ausgewölbt und von zarterem Bau.

Jetzt freilich verkehrte die nächtliche Stunde den Genuss in sein Gegenteil, und von der Vorstellung toter Krieger hinweg, wandte sich die Wirtsfrau ihrem friedlich schlummernden Gatten zu, einem Mann in den besten Jahren, dessen mutterlosem Söhnchen sie ein voreheliches Kind als Spielgefährtin zugebracht hatte, die einen sanften, aber starken Einfluss auf den Knaben ausübte und seinen unvermittelt auftretenden Zornesausbrüchen wohltätig entgegenwirkte.

Erst am verflossenen Tage war die merkwürdige Leidenschaftlichkeit des Siebenjährigen wieder einmal deutlich geworden. Man war gerade dabei, einige sehr alte, schön geschliffene Römer in den Keller hinabzutragen, wo sie unter dem Stroh eines halbverfaulten Lattengestelles verborgen werden sollten, als der Kleine mit dem Schwesterchen hinzukam und, verlockt von dem grünlich schimmernden Glas, mit geschicktem Zugriff einen entwendete, um ihn an der Hofpumpe aufzufüllen, unter Prosten den Inhalt hinabzustürzen und dann den betrunkenen Mann zu spielen, welcher, heimkehrend, seine Frau verprügelt, wobei er sich auf das Mädchen stürzte und, anfangs nur im Spiel, dann immer heftiger werdend, das arme Kind so jämmerlich bedrängte, dass es laut zu weinen begann und durch sein Geschrei den Vater aufmerksam machte.

Der Wirt, von Natur einer der gutmütigsten Menschen, hob den Knaben mit einer Hand empor und hätte ihn vielleicht nicht so hart gestraft, wie er es tat – er schlug ihn nämlich mit dem Lederriemen – wenn nicht die allgemeine Not der Zeit und der ständige Anblick der Bedrückung des Schwächeren ihn reizbarer gemacht hätte und empfindlich gegen jede Art von Vergewaltigung. Erst als die Mutter bestürzt und schwerfällig hinzugeeilt war, hatte er von dem Knaben abgelassen; doch wollte, nachdem das Pärchen schon lange, friedlich umschlungen, eingeschlafen war, die Verstimmung über dieses Vorkommnis und vielleicht auch über die eigene Zügellosigkeit nicht von ihm weichen und hatte wie Alpdruck über den ersten Stunden seiner Ruhe gelegen.

Als ihn jedoch die Frau, das Kinn auf die Faust gestützt, jetzt betrachtete, gab er wieder ganz das Bild jenes Mannes ab, dem der schwarze kleine Schnurrbart, an den Enden leicht emporgekräuselt, und das burgunderrote Netz der Wangen so wohl anstanden, dass das Gefühl der Lebenssicherheit, welches vor den gespenstischen Tönen entflohen war, in die Adern der Frau nicht nur zurückkehrte, sondern, gespeist aus keinem anderen Grunde als ihm selbst, sich fast zu leichtem Übermut steigerte. Den hohen Schoß vorschiebend, glitt sie zum Bett hinaus, schlug die Gardinen zurück und sog mit Mund und Ohren das laue Tosen der Nacht in ihre Sinne ein, die sich der Lust schon lange entwöhnt hatten und nur noch dem diebischen Handwerk frönten, den Wein und die Speisen der Gäste zu kosten, durch freundlich-rasches Blicken zum Trinken zu ermuntern und schon beim Einkassieren den Tagesverdienst zu ertasten.

Die Trommeln über dem Beinhaus waren nicht mehr zu vernehmen; doch wie, wenn das schlummernde Schicksal, erst einmal angerührt von einer Möglichkeit, dieselbe übertrifft, warf nun der wachsende Sturm ein tausendfaches Echo der kriegerischen Musik aus Gassen und Winkeln zurück, pfiff, stöhnte und heulte in dem Hohlweg um die Kirche und trieb die Wolkenhügel so plötzlich von der Szene, dass aus dem rosigen Mauerwerk die angehaltnen Chimären herauszufahren schienen und mit der Zunge bleckten.

Ein Gewitter zog vom Rhein her, und indem sich die Wirtin hinausbog, um den Laden vorzulegen, stieß sie das Fenster an und hörte ihren Gatten mit leisem Knurren in die Höhe fahren.

»Horch«, kam sie ihm zuvor, »die Franzosen sind schon da.«

Der Mann sprang eilig auf, fuhr in die Unterhosen und lauschte lange auf die dunkle Straße, als wäre, was beide fürchteten, den sausenden Geschossen, die von weither kommen, ähnlich und schickte seiner Ankunft ein Warnungssignal voraus.

»Du bist wohl nicht ganz klug«, wies er dann seine eigene Täuschung ab und suchte nach Männerart den Fehler auszugleichen, indem er auf die nackten Füße der Frau schalt, auf ihre Leichtgläubigkeit, und es unbesonnen hieß, dass sie sich in diesem Zustand der Nachtluft ausgesetzt hatte. Die Frau, das dunkelblonde Haar zu einem Knoten schürzend, erwiderte ihm nichts und ging, als er den Arm um ihre Schultern legte, gehorsam zum Lager zurück, wobei sie den Nacken tiefer senkte, als es sonst ihre Art war, und dort mit angezogenen Knien in die Finsternis starrte, welche jetzt immer häufiger von Blitzen zerrissen wurde, denen ein schwacher, noch weit entfernter Donner folgte.

Der Mann, bereits wieder im Gleichgewicht, versuchte sie niederzulegen und tastete über den zuckenden Leib nach ihrer Brust empor, in welche die Milch schon eingeschossen war und das Hemd darüber durchnässt hatte. Betroffen fuhr er zurück, als habe er unversehens ein glühendes Eisen berührt, das soeben in Wasser geworfen und erhärtet worden war. Hierauf, sich mühsam bezwingend, sprach er ein Ave Maria und dann die Anrufung Michaels, des keusch gepanzerten Fürsten, entfernte sich hasserfüllt von dem Ansprung seiner Begierde und fiel sofort in einen traumlosen Schlummer, aus welchem ihn erst der Lärm des Hauses erweckte, das von dem Erdgeschoss bis unter den Boden zitterte, dröhnte und stampfte wie ein Pferd, das vor dem Reiter bebt.

Der Gasthof »Zum Kappenkerl«, wie er sich nannte, hatte ursprünglich zu dem Wirtschaftsgebäude eines Klosters gehört, das während der Reformationszeit säkularisiert worden und in den darauffolgenden Religionskriegen bis auf die Grundmauern niedergebrannt war; nur eine kleine Kapelle innerhalb der Klausur, deren schön geschweifter Bogen St. Martin mit Schwert und Mantel, Gloriole und Bettler im Zwickel trug, hatte den Flammen widerstanden und diente jetzt, da sie stets trocken und von gleichmäßiger Kühle war, als Aufbewahrungsraum für ungeräuchertes Fleisch. Auch setzte hier der Wirt den feinen Klosterlikör an, dessen Rezept einer seiner Vorfahren, welcher den Mönchen bei der überstürzten Abreise behilflich gewesen, aus den Händen eines Laienbruders empfangen hatte. Dies und die Überlieferung eines printenartigen Gebäcks, welches um Weihnachten weithin verschickt wurde, sollten, wie man erzählte, Ursprung des heutigen Wohlstandes sein.

Weinberge, deren Lage berühmt, und Äcker, welche dem Anbau jeder Art von Gemüse dienlich waren, hatten sich im Laufe der Zeit hinzugefunden, und der jahrzehntelang geübte Brauch, angrenzendes Besitztum oder gleichgeprägte Münze durch Heirat zu erwerben, wie man Schmuckhälften oder Schwert und Schild zusammenfügt, mochten schließlich den Reichtum der Familie so bedeutend erhöht haben, dass der jetzige Besitzer ein armes, doch flammend-schönes Mädchen, an welches ihn Zuneigung, Pflicht und Dankbarkeit gleicherweise banden, zur Ehe nehmen konnte.

Diese seine zweite Gattin war kurz nach dem Heimgang der ersten Frau als Haushälterin zu ihm gekommen und wurde ihm bald mehr, ohne ihn jedoch das sanfte Antlitz ihrer Vorgängerin vergessen zu machen, von deren Sterbebett hinweg er in das Heer eingezogen und an die Westfront verschickt worden war.

Dort hatte man ihn bald, seiner wirtschaftlichen Kenntnisse wegen, in die Etappe zurückgezogen und in dem üppigen Überschwang der ersten Siegesfreude auf einem alten Landhaus, dem Standquartier hoher Offiziere, als Koch und Kellner beschäftigt. Dieses weitgebaute Schloss, von verschnittenen Bäumen umgeben, lag in den Ausläufern der Ardennen, die sich gerade hier, einem Seitental der Aisne folgend, in die Ebene hinabsenken, und besaß eine Orangerie, die der entflohene Besitzer als Rebentreibhaus benutzt und mit einer Warmwasseranlage hatte versehen lassen.

Abwechselnd ging dort der Gute zwischen den verwaisten Schösslingen einher, sich um das Geheimnis ihrer Kreuzung bemühend, und den Tafeln der Offiziere; trug den gekühlten Wein von der zerschossenen Balustrade, wo traurige Nymphen nur mehr die Gebärde ihrer Arme an holde Brüste hoben, zu den abendlichen Orgien des Militärs und vermied es, jenes Weibliche anzuschauen, das nackt und geduldig über den Knien der Offiziere lag, als atmender Kartentisch diente und, wenn flüchtig ein weißes Taschentuch über sein Haupt geworfen wurde, dem Torso einer Göttin ähnlich sah.

Wiederholten Urlaub nützend, fand der Wirt sein Eigentum ruhig und friedlich verwaltet, das Söhnchen in treuester Obhut und die inzwischen geborene Tochter ihm selbst so wunderbar ähnlich, dass er nach Beendigung des Weltkriegs nicht länger zögerte, sich nicht nur vor der Natur, sondern auch vor dem Gesetz der Menschen und dem Hochaltar der Kirche mit der jetzigen Frau zu verbinden und an die verflossenen Jahre nur wie an einen Traum, oder besser: mit einem so vagen Gefühl zurückdachte, wie es ein Mädchen haben mag, das im Dunkel umarmt worden ist.

Auch durch die rasch nachrückende französische Besatzung hatte sich das Bild des Krieges, wie der Wirt ihn gesehen, nicht wesentlich verändert – nur dass die Rollen vertauscht waren und die Siegerkostüme gewechselt hatten. Mit dem Fatalismus desjenigen, der stets Gewinner bleibt, wie auch die Würfel fallen, sah der Wirt die Soldaten kommen und gehen, kaufte und verkaufte, handelte und wandelte im Schatten des Schicksals und glich jenen römischen Marketendern, die den Heereszügen der Legionäre gefolgt waren und am Rhein gesiedelt hatten, ohne selber die Geißel, das Blutopfer und die Blendung der Gottheit erfahren zu haben.

Nur, wenn ein Truppenteil abgezogen und der folgende noch nicht eingerückt war, in jenen stilleren Zwischenräumen, wo der Wellengang sich beruhigte und das leere Boot der Tage dem Nachthimmel offenlag – überkam den Wirt ein Schauder, den er nicht deuten konnte. Oft schrak er dann, die Decke abwerfend, empor und glaubte den längstvergessenen Namen einer französischen Ortschaft auszusprechen, während seine Gattin ihn fragte, warum er nach ihr gerufen habe. Beide Namen aber sanken ihm dann sofort wieder unter, und er erinnerte sich am Morgen weder jenes Ortes, an den ihn der Traum entrückt, noch der schlafgetränkten Gebärde, mit der die Angesprochene sich auf ihn niedergebeugt hatte.

Johanna hingegen, die Frau, verhärtete sich tagelang nach solchen Stunden der Schwäche; zwar nicht so, dass sie auf den Mann losfuhr oder ihn vor den Augen des Gesindes herabsetzte, sondern eine Stille breitete sich über ihr ganzes Wesen, die erschreckend war, weil die jähen Züge ihrer Seele, welche sich sonst auf der lebhaft bewegten Oberfläche des Daseins harmlos tummelten, nun fest und geronnen hervortraten wie Adern in einem geflammten Stein.

Häufig geschah es dann, dass sie ein schlecht gereinigtes Gefäß hochhob, als wolle sie es zerschmettern, um es gleich danach achtsam niederzusetzen oder den ängstlich wimmernden Hund an beiden Ohren emporzog, hierauf ihm in die Schnauze blies und mit verächtlichem Schlag auf seinen Rücken davonging.

Auch liebte sie es, in zornigen Worten von jenen Männern zu reden, die den Feind im Lande ertrügen; kam aber ein neuer Zug, so trieb sie geheime Unrast zur Bürgermeisterei, wo die Quartierzettel ausgeteilt wurden, und zusammengestellte Bajonette wie eiserne Garben zum Himmel starrten.

Scheinbar völlig unbeteiligt, bezahlte sie dort eine Steuer oder dingte auf dem Arbeitsamt eine Aushilfskraft für den Hof, der sich ständig vergrößerte und zur Zeit, wo diese Begebenheit spielt, zum ersten Mal Offizierspferde aufnahm, deren Reiter in den Gastzimmern einquartiert und in einem Sälchen bewirtet werden sollten, das hierdurch gewissermaßen zum Offizierskasino der Stadt gestempelt wurde.

Die Zimmer hatte Johanna schon vor Tagen richten lassen und, wohl wissend, was den Herren genehm war, mit eigener Hand jene kriegerischen Bilder entfernt, die Blüchers Rheinübergang bei Caub oder die Erschießung der Schill'schen Offiziere darstellten, und dafür Rasierspiegel zwischen den Fensterpfeilern aufgehängt, das obligate Tintenfass nachgefüllt und die altertümlichen Ruhebetten, auf welche sich das Militär mit Sporen und Stiefeln hinzustrecken pflegte, sorgfältig überdeckt.

Trugen somit die Schlafzimmer den Anstrich einer nüchternen Zweckmäßigkeit, die sich im Grunde mehr um die eigene Sicherheit als um das Behagen der Gäste sorgte, so war der kleine Saal in einem Stand verblieben, der die Einziehenden über die wahre Gesinnung ihrer Wirte täuschen oder mindestens zu unbestimmten Vermutungen reizen konnte.

Nicht, dass vom vergangenen Winzerfest her, das trotz der Notlage in bescheidenem Ausmaß und als Entschädigung für die verlorene Fastnacht gefeiert wurde, noch künstliche Rebengirlanden und Glastrauben von der Decke herniederhingen und die Vorhänge mit bunten, jetzt schon verstaubten Papierrosetten besteckt waren – nicht diese Maskerade war das eigentlich Fremdartige des Offizierskasinos.

Vielmehr, zunächst kaum bemerkbar, dann aber höchst augenfällig, musste eine Pfropfensammlung des Wirts die Aufmerksamkeit jedes Beschauers zu sich hinlenken und seine Blicke auf ihr verweilen lassen.

Es waren zum Teil sehr alte und wertvolle Figürchen auf Korkpfropfen, die von einer Nadel durchbohrt und für gewöhnlich in dem Samtbelag einer Vitrine aufgespießt waren – nun aber überall, bald vereinzelt, bald zu Gruppen geordnet, an Spiegelrahmen, Polsterlehnen und auf dem Gläsertisch staken und eine gespenstisch-frohe Gesellschaft bildeten, eine Runde frecher Püppchen, die nicht willens schien, den Eindringlingen Platz zu machen. Hier warf eine kleine Fortuna das lockige Haupt in den Nacken und sah, spöttisch über die Schulter gewandt, einen bärtigen Ziegenbock an, der sich nach den Früchten des Füllhorns reckte und kläglich auf den Hinterhufen stand; dort tanzten einander zwei derb Verliebte zu; ein schön gekrümmter Hund leckte sich unterm Schwanz, und der dickbäuchige Silen schien ernsthaft darüber nachzusinnen, ob sich der Wein durch den gestreckten Phallus nicht ebenso wohl wie durch den Spund der Flasche ergießen könnte.

Niemand anders als der Wirt mochte sich diesen Scherz erlaubt und das kleine Gesinde hier aufgestellt haben, denn er allein besaß den Schlüssel zur Vitrine und verfügte darüber mit einer Ausschließlichkeit, die Johanna in dem Gefühl völliger Zurückhaltung bestärkte, das sie als Eingenistete sehr tief besaß, wo es sich um Eigenheiten oder einen von alters her ererbten Besitz ihres Mannes handelte. Zwar gab es dieser Vorrechte nicht viele, und der Wirt suchte sie eher zu verschweigen als fühlbar zu machen – wie denn auch er es war, der die neue Schwangerschaft seiner Frau länger zu verbergen trachtete als sie selbst, die allen Dingen mit offenen Sinnen stürmisch vorauseilte und nur durch die Begegnung mit dem Geheimnis des Mannes, sei es Besitz oder Zeugung, gefügiger wurde und anhielt.

Mochte nun der Wirt, wie er es in Zeiten der Ruhe manchmal tat, sich mit seiner Sammlung beschäftigt und dann die Figuren einzuräumen vergessen oder sollte er sie, die eigenen Träume beschwörend, den Ankömmlingen absichtlich hingerückt haben – erwartend, wer Spielzeug und Spieler sei – so viel stand fest, dass Johanna dieselben unberührt an ihrem Platz beließ, als sie das Sälchen vor einigen Tagen lüftete, die Überzüge von den Polstern wegnahm und das mechanische Klavier, welches auf einen Groscheneinwurf hin »Ännchen von Tharau« spielte, wieder aufzog. Die Arme unter der Brust gekreuzt, hatte sie, vielleicht zum ersten Mal mit vollem Bewusstsein, die Sammlung ihres Mannes betrachtet und neben dem Gefühl für den Wert derselben eine unbestimmte Lust, sie zu zerstören, empfunden, eine leise Eifersucht, die sie auch wieder beglückte und mit der süßen Pein erhoffter Züchtigung tränkte. Dann plötzlich, noch ehe sie nachgedacht hatte, schob sich das ferne Bild der Soldateska dazwischen und trieb sie an andere Arbeit, indessen der kleine Saal wie ein uneingelöstes Versprechen unter Traubengirlanden versank.

Sie war keine andere, als sie an diesem Morgen dem Einzug der Gäste entgegensah, indessen der plötzlich erwachte Mann mit unrasiertem Gesicht die Treppe herunterstürzte und Befehle durch das Haus schrie, die lange überholt oder deshalb sinnlos waren, weil sie bereits getroffenen Anordnungen widersprachen.

Bei den Stallungen sprangen die Reiter ab und büßten ihren Übermut, von der Straße her eingezogen zu sein, mit Flecken an den hellgelben Gamaschen, denn das Wasser stand hier in Tümpeln, erfüllt von Strohhalmen, Mist und verschlepptem Hühnerfutter, grell überglänzt von einem föhnigen Licht, das zugleich brannte und schläfrig machte. Sehr helle Stimmen durchpfeilten jetzt den Hof mit ihrem scharfen Akzent und schienen einander bald zu verstärken, bald übertönen zu wollen, wobei auch das fremde Ohr begriff, dass es sich darum handelte, dem eigenen Pferd die geräumigste Box zu sichern und die tunesischen Burschen zur Eile anzutreiben.

Ein wunderliches Getümmel von mostrichfarbenen Uniformen und schweißigen Pferdeleibern schien jeder ruhigen Besinnung und der Möglichkeit zu entbehren, einen friedlichen Ausgang zu nehmen – wer aber genauer hinsah, vermochte zu erkennen, dass die eingeborene Lust, eine Unterkunft aufzustöbern und sich prahlerisch zu gebärden, auch vor den männlichen Gesten des Kriegerhandwerks nicht anhielt, und was Verzögerung, Zorn oder Unwillen schien, nur ein Treiben des tollen Blutes erhitzter Knaben war, die Zaumzeug und Pulver gerochen hatten.

Überall gleichzeitig, drängten andere um den Wirt, wechselten Geld und verlangten zu baden oder eilten, hemmungslos schwatzend, zu ihren Zimmern hinauf, um sie mit Lärm und Lachen anzufüllen und auf unerklärliche Weise durch ein paar flüchtige Griffe für sich in Besitz zu nehmen. Auch wurde warmes Frühstück gefordert, und während Johanna eine Schürze voll Eiern zur Küche trug, wo schon mächtige Schinkenstücke in flammendem Schweinefett brieten, folgte ihr das farbige Volk der Gemeinen nach und belud seine Weißbrotschnitten mit flüssiger Marmelade, die zwischen den kindischen Händen und von dem weißen Gebiss der Braunen heruntertropfte. Auf dem Hof trugen Knechte Arme voll Heu herbei, um die Pferde zu füttern, die wiehernd und dröhnend mit den Hufen an die Bretter schlugen, und der grau gefellte Hund des höchsten Offiziers, ein riesiger Wolf mit allzu schmalen Flanken, zwischen denen die Rippen zuckten, hatte das zitternde Tier vor der Hütte gestellt, welches laut zu heulen begann.

Der kleine Sohn des Wirts, das Schwesterchen an der Hand hinter sich herziehend, trat heftig auf ihn zu, erschrak aber tief vor den glühenden Augen des Wolfes, die sich prüfend gegen ihn wandten und berauschte sich dann entzückt an der unbegreiflichen Freundlichkeit, mit welcher der Gefährliche ihm plötzlich zuzuwedeln begann. »Nora, hierher!«, rief jetzt die Schwester scharf, griff in das Halsband der Schäferhündin, die auf dem Bauch herangekrochen kam, und führte sie, zwischen ihr und dem Bruder gehend, mit leichter Mühe zur

Waschküche hin, um sie dort einzuschließen, dem Kleinen um den Hals zu fallen und ihn unter Tränen, die unvermittelt hervorbrachen, anzuflehen, nicht mit dem Wolfshund zu spielen. Dem anfangs erstaunten Brüderchen schwoll daraufhin der Kamm. »Natürlich tue ich es!«, rief er mit trotziger Stimme, als habe ihm erst die Schwester diese Möglichkeit entdeckt und fügte überlegen, in tröstendem Tonfall hinzu: »Doch nicht, wenn du dabei bist, Lenchen, und wieder zu weinen anfängst.« Das Mädchen, klein und fest, sah ihn von unten herauf mit einem schiefen Blick, der in tränensüßer Feuchte schwamm, ergeben und listig an. »Wenn du erst groß bist ...«, sagte es dann leise, und ein blasses Wetterleuchten saß ihm im Augenwinkel.

Als hätte der Kappenkerl die Haube zurückgeschlagen und ließe sein Reitergesicht und unter dem Mönchsgewand den Schnitt einer Uniform sehen, entpuppte sich der Gasthof als überaus günstige Unterkunft für die fremde Einquartierung.

Die Gastzimmer, in einem Seitenflügel gelegen, hatten Fenster sowohl nach der Straße und den Clairons-Signalen als auch zum Hof hinaus, wo die strohbeworfenen Burschenkammern, dicht neben den Stallungen, lagen. Gewaltige Eichenschränke, die nach Kräuterbüscheln rochen, beherbergten Peitschen, Monturen, Reitstiefel, Sporen, Maulkörbe, und die breiten Aufsätze der Waschkommoden trugen die Toilettengegenstände: Bürsten, Schwämme und halb aufgerissene Schachteln, die Puder und Seife enthielten.

Als Johanna später hinaufstieg – das Militär war zu den Übungen ausgeschwärmt – fand sie genug zu ordnen. In dem unbestimmten Gefühl, die Gegenwart der Soldaten gleichsam hinauszubeschwören, wenn sie den Charakter der Zimmer änderte, begann sie aufzuräumen, ergriff hier ein Paar Handschuhe, die keck und lässig umherlagen, dort eine Schnurrbartbinde und warf sie hastig in die halb geöffneten und schon überquellenden Schubladen, strich Bettbezüge und Kissen glatt und blieb endlich vor einem Waschtisch stehen, der in seiner bunten Überladenheit jeder Beschreibung spottete.

Er trug die gemeinsame Habe zweier junger Offiziere, die zum ersten Mal verschossen waren und daher an Wangenschöne, Figur und Nagelpflege Narziss und Adonis beschämten. Erstaunt nahm Johanna einen Expander wahr, der dazu dienen sollte, die Knabenbrust zu weiten und mit überdehnten Spiralen an dem Bettpfosten hing, und ging, sich mühsam im Gleichgewicht haltend, wie ein schwankendes Schiff auf den eingelassenen Spiegel zu, welcher alle Gegenstände verdoppelt zurückwarf und an den Rändern verzerrte.

Mit spitzen Fingern hob sie ein Döschen auf, das lockeren Puder enthielt und las darauf »Houbigant«, drückte den Wattebausch gegen die Nase und leckte dann hastig den Staub von der Oberlippe wie ein Kind, das Zucker genascht hat; es schmeckte scharf und süß und erinnerte die Frau an den Geruch von Flieder, dessen Blütchen sie abzureißen und auszusaugen pflegte, als sie ein junges Mädchen und noch so unbändig war, dass jeder Bursche sich scheute, sie zum Walzer aufzufordern – – Nun ja, das hatte ein Ende, als das erste Kind sich regte und der Hof auf ihren Schultern lag, vier schwere Jahre hindurch. Wenn man es richtig ansah, so hatte sie ihn verdient und durfte ein wenig missachten, was ihr als höchstes Gut und Inbegriff aller Wünsche bisher erschienen war … ihre Hände tasteten weiter und ergriffen mechanisch eine abgeschraubte Zinntube, welche Zahnpasta enthielt, rollten langsam das untere Ende auf und schoben den gelblichen Strang gedankenlos heraus. Freilich, der Mann war gut und nur ganz selten betrunken … dieses Rote hier musste Mundwasser sein und war, seiner Etikette nach, in Mainz, auf der Ludwigstraße, gekauft worden. Das konnte man noch ein Leben nennen, als man damals zur Narrensitzung in die große Stadthalle ging und sie sich ein Kostüm aus bunten Lappen nähte, das einer »Windsbraut« nannte – die Unterseite des Röckchens war ganz aus Silberflitter und blitzte wie diese Kristallflasche da – –

Hier war der Spiegel stumpf von einem Seifenflecken; sie rieb mit dem Ärmel daran und fasste sich ins Auge, schob die gefährlichen Brauen über der Nasenwurzel zusammen und starrte unbeweglich auf ihr schönes Ebenbild. Die Stirn war kühn und frei und weit zurückgewölbt; das Haar sprang in spitzem Winkel, fast rötlichblond, hinein und dunkelte erst nach dem Nacken zu, wo der Knoten lastete. Die etwas kurze Nase stand über einem Mund, der aussah, als wäre er kleiner gedacht und von irgendeinem Schrecken an den Winkeln zerrissen worden – er schloss sich nur selten ganz und ließ immer die Zähne sehen, welche leicht auseinanderklafften, scharf, spitz und bläulichweiß wie Hundezähne waren … Eine namenlose Verzweiflung, von der sie selbst nichts wusste, lag über diesen Formen und verlor sich im Hintergrund der schiefergrauen Augen, die erst lebendig wurden, wenn die Pupille sich weitete und dann festhielt, wen sie wollte. Der Flecken nahm nicht ab, obwohl sie dagegen hauchte; es musste ein

Kratzer sein, der soeben das neue Spiegelglas hässlich verunziert hatte. Verdammte Männerwirtschaft! Sie sah die Milchbärte vor sich, wie sie in törichtem Ungeschick mit dem Käppirand entlang streiften. Eine grenzenlose Wut stieg in Johanna empor, auch schmerzte sie die angedrückte Brust, und das Lachen eines Pferdejungen, der auf dem Hof mit Magdalenchen scherzte, war Grund genug für sie, das Fenster aufzureißen und zornig hinunterzuschreien, es sei ein wahrer Jammer, dass solche Burschen wie er nicht mehr Soldat zu werden und zwei Jahre zu dienen brauchten – doch sie werde ihn schon das Striegeln lehren und seine Mähne kämmen.

Indem sie sich zurück und in das Zimmer wandte, schlug der beklemmende Duft aus Männerparfüm und Puder aufs Neue zu ihr hin und machte ihr plötzlich übel. Die Hand auf das Herz gepresst, tat sie rasch ein paar Schritte zum Bettrand hin und sank trunken darauf nieder. Ihre Sinne verbrausten allmählich, und ihr ganzes Wesen trieb aufgelöst an die entfernten Ufer heroischer Gestade. Sie hörte Flötenmusik und schmetternde Signale, den Takt eines mutigen Marsches und das Wiehern steigender Pferde, sah sich als kleines Mädchen auf einem Schecken reiten, der bockend nach hinten ausschlug und sammelte sich erst mühsam, mit der Stirn an die Holzstatt schlagend, als die Einquartierung zurückkam und die vorderen Räume der Gastwirtschaft, wie Schwalben den Draht, besetzte.

Es waren auch Gemeine da, die Zigaretten kauften und im Stehen etwas tranken, um über das Glas hinweg die Wirtin begehrlich zu mustern, welche hinter dem Schanktisch hantierte, der ihre Schwangerschaft verbarg und nur die prächtigen Schultern und das gleichmütigstolze Gesicht freiließ. Ihr Mann ging ab und zu und brauchte sein bisschen Französisch von der Bürgerschule her, um die Offiziere zum Trinken der besseren Schnäpse anzuhalten und ihnen Wechselgeld aufzuschwatzen, das einen höheren Kurs vorsah als den eben gebräuchlichen; auch wusste er, dass menschlichere Gesten sich einzustellen pflegen, wenn die trennenden Sprachmauern fallen und ein gemeinsamer Raum entsteht, in welchem Plüschmöbel, Tische und Stühle besser geborgen sind, weil sie dem Sieger vertraut und wie sein Eigentum klingen. Dazu kam, dass in diesem Grenzland die Namen des Gesindes vielfach noch Jean oder Jacques, Claire und Lisettchen hießen – und er versäumte nicht, sie munter anzurufen, vorübertanzen zu lassen und schließlich die Offiziere durch den klappernden Klang des Klaviers in das hintere Sälchen zu locken, wo auch ein Billardtisch stand und verschiedene Brettspiele dazu aufforderten, gesellige kleine Gruppen zu bilden.

Es dämmerte bereits; Regen, mit Schnee vermischt, troff lau und zögernd vom Himmel; eine Magd legte umständlich Feuer an, und die Offiziere schoben sich plaudernd über die Schwelle ...

Der Comte de Villaneuf schnipste hörbar mit den Fingernägeln und pfiff die ersten Takte der Marseillaise dazu; ein dicker Südfranzose mit vorgewölbten Augen und schmerzlichem Rüsselmund legte ächzend den Kopf in den Nacken und schüttete ein Pulver, das furchtbar nach Kampfer roch, den kurzen Hals hinunter, indessen sein Milch- und Waffenbruder ihn mit der Reitpeitsche juckte, und ein rosiger junger Leutnant wie verrückt nach Sauerkraut schrie. Der Wirt wollte Licht einschalten, vergriff sich jedoch und entflammte, sein Ungeschick verwünschend, die bunten kleinen Birnen der üppigen Weingirlande, sodass eine blendende Dunkelheit das niedre Gelass erfüllte, dessen unbedeckte Fenster sich schwarzblau verfinstert hatten.

»Oh la la!«, rief der Dicke und riss etwas aus dem Gürtel; ein krachender Schuss fuhr los, das Rebengehänge schaukelte, und eine rötliche Traube rieselte klirrend herab ... Donner und Blitz war eines; dann jubelten alle dem Schützen zu und trugen ihn auf den Schultern zur Tafel hin, die schon gerüstet war und zweierlei Gläser für die abendliche Hauptmahlzeit vorgesehen hatte.

Der Wirt eilte zitternd herbei, um die Karte vorzulegen, drehte den Lüster an und die leidigen Glühbirnen ab, wodurch die grünbraunen Blätter wie Motten zusammenfielen und gab die Wünsche nach Riesling, Burgunder und Nackenheimer, gesottenem Hühnchen und Reis, Salat und jungen Tauben, Rehrücken mit Preiselbeeren und was dergleichen mehr war, nach Küche und Keller weiter, heimlich zuerst den Wein und dann das Wild befehlend, in der Hoffnung, dass ein Gaumen, der schon getrunken habe, nicht mehr zu wählerisch sei. Ein Offizier mit grau melierten Schläfen winkte den Wirt herbei und flüsterte ihm etwas ins Ohr, wobei seine Zunge sichtbar wurde, als prüfe er Federweißen. Bald danach trug ein schönes Kind, die Tochter des ersten Knechtes, die bestellten Getränke herein, wich geschickt den tastenden Händen aus und tat sparsamen Bescheid, ohne die Prostenden zu verletzen oder furchtsam aufzuschreien, wenn einer ihr an die Waden griff.

Die Offiziere, noch alle ziemlich nüchtern und gelangweilt vom hungrigen Magen her, tippten bald da-, bald dorthin, wo die Brettspiele standen, setzten Schachfiguren auf, um sie gleich wieder umzuwerfen und prüften den kleinen Saal mit jener Männerblindheit, die erst am sinnlichen Anreiz und aus gesteigerter Laune für etwas sehend wird. Ein paar schoben Billardkugeln aus lustlosem Handgelenk; der Provençale dagegen, der als sehr ehrbar galt, hatte die merkwürdige Entdeckung gemacht, dass aus dem Walzenklavier »Ännchen von Tharau« trat, wenn er statt des verlangten Groschens die Klinge eines Taschenmessers fest gegen den Einwurf drückte – ein Umstand, der seinen Patois zu ungeheuerlichen, doch fast nur ihm allein verständlichen Zoten reizte.

Inzwischen hatte der Saal sich erwärmt, die Vorhänge waren geschlossen und die Gerichte aufgetragen worden. Das junge Mädchen musste sich unbemerkt entfernt haben, denn sein Amt versah jetzt der taube Jean, ein alter Flaschenspüler, der ängstlich die Tablette hob und sie klirrend niedersetzte. Bald nahm die Mahlzeit alle Männer in Anspruch, und ob sich auch der eine oder andere bemühte, ein Tischgespräch in Gang oder einen Trinkspruch auszubringen, hatte jeder so viel mit dem zarten Fleisch der Poularde und nachher mit dem Benagen und Saugen der Knochen zu tun, dass eine andere Stimmung als die animalischer Freuden nicht eigentlich aufkommen konnte. Auch der Wolfshund des Vicomte war plötzlich unter den Schmausenden, schob sich mit hungrigem Eingeweide zwischen unwillig zuckenden Knien hin und zerknirschte ruckweise, was man ihm gönnte. Geruch von gebratenen Speisen, verdunstenden Weinflaschen und Männerbrüsten, die unter der gelockerten Uniform dampften, lag über dem kleinen Saal und verdichtete sich allmählich zu jenem Gefühl der Trauer, das nach siegreich geschlagener Mahlzeit die Satten überfällt. Träge damit beschäftigt, schon weggeschobene Reste noch einmal herzunehmen und auf letzten Behang zu prüfen, überkam schon einige Ekel und das Verlangen nach Schnaps. Sie forderten Curaçao, Zigarren, Mokka double und begannen wieder aufzuleben, wie Geflügel herumzuflattern und mit der Zunge zu schlagen ...

Dem Wirt perlte Stirne und Hand. Er öffnete ein Fenster, und sofort blähte sich der weiße Bauch der Gardinen schamlos ins Zimmer hinein. Rauchige Nebelluft, mit Teer vermischt, strömte nach. Eine Schiffspfeife heulte lange wie ein gestochenes Schwein, klagte, dünner werdend, aus und ließ das bange Gewimmer der Abendglocke zurück, welches von ihr übertönt worden war. Der Wirt schlug verstohlen ein Kreuz und deckte leicht mit der linken Hand jene Stelle, wo unter der Weste das Skapulierband ruhte, und wandte seine Neugier von den frechen Anekdoten ab, die bald wie luftige Blasen aus gefüllten Wänsten stiegen.

Der Elsässer Jean-Baptiste, ein hübscher brauner Junge, begann halb französisch, halb deutsch: »Sainte Marie«, sagte mein Liebchen, »qui a conçu sans pêcher« – gib, dass ich sündige – – »sans concevoir« lachten alle, und der nussbraune Jean fuhr fort: »Ein Fuchs ging in den Weinberg« – »Tü ta tü Lafontaine«, unterbrach ihn der Vicomte – »Ah non! Dort war eine Falle!« – »Eine Falle für den Fuchsschwanz«, sang der fette Provençale, ließ sich aufs Sofa fallen und schnellte gleich darauf mit einem quieksenden Schrei entsetzt und jammernd empor; dann griff er, als ob eine Wespe da säße, vorsichtig an den Hintern und zog einen Pfropfen heraus, der mit der Nadelspitze dort eingedrungen war. Sofort umringten alle den Dicken, welcher sich inzwischen gefasst und aus seiner Lage das Beste gemacht hatte, indem er die kleine Fortuna mit spitzen Fingern emporhob, unter zierlichem Pfeifen dem Ansturm wehrte und ihre Brüste zu rühmen begann, zwei unwahrscheinlich runde und hohe Äpfelchen, die jeder begutachten durfte.

Es kam, wie es kommen musste. Hat einer die erste Wanze oder eine Beere im Gras gefunden, dann sieht er bald überall noch mehr von der gleichen Art. Das elbische Gesinde war im Augenblick entdeckt, und indem man es beschaute, hin- und herwandte oder sich leicht an den Nadeln verwundete, drang das süße Gift der Verführung zwar nicht zum Innersten vor, wohl aber regte es in dem schlafenden Stier der Wollust jenen zürnenden Übermut auf, den das feine, gefährliche Brennen der tückischen Pfeile verursacht. Die jüngeren Offiziere umschlangen einander und fingen mit jenem Ausdruck zu tanzen an, den Matrosen haben, die schon lange an Bord und von den Frauen getrennt sind; andere spießten die Figürchen auf den grünen Filz des Billardtisches, um sie dort in unanständige Beziehung zueinander zu setzen und jene alte Vermählung von Tier und Mann zu feiern, die in der Gestalt des Kentauren ihren Ausdruck gefunden hat.

Jetzt war der Zeitpunkt gekommen, wo man nach alten Weinen und Kupferberg Gold verlangte. Der Wirt stieg selbst in den Keller, um die mittleren Sorten zu holen, welche älter etikettiert und an verborgener Stelle aufbewahrt wurden, und ging, während er das taghell beleuchtete

Hauptgewölbe hinter sich ließ, mit der Taschenlaterne in einen Seitengang, der tiefer gelegen war und einst den Keller mit dem Refektorium verbunden hatte.

Dort unten fand er sein Weib. Johanna war ihm vorangeeilt und schien von seiner Absicht unterrichtet zu sein, denn mit hastigen Worten erzählte sie, dass einer der Offiziere sich auf Weine verstehen müsse. Als man nämlich die Tablette mit den Gläsern herausgebracht hatte, fanden sich in einem derselben eine Anzahl Stanniolköpfe vor, die das edle Siegel sehr teurer und feiner Gewächse trugen und deutlich zu sagen schienen, der Spaßvogel wisse Bescheid. Man tue also gut, sich jetzt noch vorzusehen, damit aus der Überklugheit nicht Schande und Schaden erwüchse. Der Wirt, wie Männer sind, die sich etwas vorgenommen und den Nutzen schon berechnet haben, gab ärgerlich zurück, er denke nicht daran, die Gäste zu hofieren, suchte aber gleichzeitig einen Korkzieher hervor, riss den Pfropfen gewaltsam hoch und schenkte zwei Römer ein, die Johanna ihm schweigend entgegenhielt.

Mit den Schultern dicht aneinandergepresst, tat einer dem andern Bescheid. Der Wirt vergaß Zeit und Stunde, schmeckte lange prüfend ab und ließ den Wein zwischen den Zähnen hin- und herrollen; es gab einen gurgelnden Laut, der die Stille deutlich durchdrang. Von dem Hauptgewölbe her kam eine schwache Helle und hob das Gesicht der Frau aus tiefem Dunkel empor – der Mann bog sich trunken darüber und flüsterte ihr zu: »Siehst du, nun feiern wir dir zuliebe die falsche Hochzeit von Kana und schenken zuerst den guten, dann den gemischten Wein.« – »Ich wusste ja, dass du mich hören würdest«, gab die Frau mit furchtbarer Zärtlichkeit, ihm zugebogen, zurück.

Inzwischen war oben weitergegangen, was in dem geschürzten Symbole Fortunas begonnen hatte, und als der Wirt heraufkam, lagen große Generalstabskarten über alle Tische gebreitet, mächtige Blätter, die sich im Luftzug der geöffneten Türe bauschten und so winzig scharf gestochen waren, dass man, um das Birnenlicht zu verstärken, einige Kerzen dazwischen aufgestellt hatte, deren Schein sich auf seltsame Weise mit der künstlichen Leuchte vermischte. Es war klar: Man spielte Hauptquartier und hatte die Pfropfensammlung des Wirtes dazu benutzt, zwei Heerhaufen vorzutäuschen, wobei man kurzerhand Schwein, Hund, Bock und Silen auf die Seite der *Boches* gewiesen, das kleine Glück dagegen dem französischen Lager zugeteilt hatte.

Der Wirt wurde stürmisch empfangen, und nachdem die Flaschen geöffnet waren, und nach geraumer Zeit der eisgekühlte Sekt das Bombardement begonnen hatte, ergab es sich von selbst, dass der Deutsche den einen Haufen führte, und, die Regel rasch erfassend – eine witzige Verbindung von Schach- und Würfelspiel, die das Vorrücken einer Figur nicht allein von der Zahl der geworfenen Augen, sondern auch von ihrer Bedeutung abhängig machte – sich völlig in seine Rolle vertiefte.

Von Jugend auf an Brett- und Würfelspiele gewöhnt, ersah er bald seinen Vorteil und rückte, die Dame sparsam verwendend, in geschlossener Phalanx vor, dort einen Läufer, hier einen Bauern nehmend, welcher mit gefülltem Humpen seinen Standort verteidigte. Hierbei konnte es nicht ausbleiben, dass der Wirt, über die Kartenfelder gebeugt, auch die Namen der Flüsse, Städte und umkämpften Gebiete las und sich daran erhitzte, ja sogar häufig, den höheren Nutzen außer Acht lassend, alles darauf anlegte, eine ganz bestimmte Festung zu erobern oder ein Gelände einzunehmen, dessen Bezeichnung sich ihm damals eingegraben, aber eine so flüchtige Linie hinterlassen hatte, dass erst die zweite Begegnung den Griffel fester aufsetzte und jene Entzündung hervorrief, die längs der erweckten Spur vergangener Narben einhergeht. Die Mosel überschreitend, gelangten seine Truppen auf wohlbekanntes Terrain und befanden sich sehr bald in jenem Teil der Ardennen, wo der Wirt die andere Seite des kriegerischen Handwerks als Koch und Kellner erlebt und den abendroten Wein von der zerstörten Terrasse zu den Orgien des Militärs getragen hatte. Er sah sich selbst, trat vor den Zauberspiegel der eignen Vergangenheit, und schon im nächsten Augenblick berührte er das Glas.

Dies aber war jener Abend, wo er, vom Tal heimkehrend, den Schlossberg langsam hinanstieg und das Haus von bläulichen Bändern, die durch den Nachthimmel flossen, so dicht umschlungen sah, dass er nicht entscheiden konnte, ob hier ein Naturschauspiel: Elmsfeuer, Wetterleuchten – oder Scheinwerfer, springende Minen, das wandernde Lächeln des Krieges, die Fensterreihen erhellt und die kalkweiße Fassung der Flügeltüren bis zur Erde hinunter sichtbar machte. Von innen her kam kein Licht, denn man schlug die schweren Damastvorhänge der Fliegergefahr wegen sorgfältig zu und saß sogar abends bei Kerzen, an denen kein Mangel war. Daher rührte es auch wohl, dass das Haus den Eindruck der Menschenleere und einer Verlassenheit machte, die umso gespenstischer wirkte, weil abgerissene Töne militärischer Musik aus seinem Mauerwerk drangen. Die weiblichen Sandsteinfiguren, schön in dem zarten Geheimnis der schmerzlichen Zerstörung, waren wunderbar belebt, ja eine von ihnen trat nun aus dem Kreis der Gespielen und lehnte das stürmische Haupt an die ockergelbe Wand. Es war eine junge Bäuerin, deren Mann in Flandern gefallen war, dem Wirte flüchtig bekannt, nicht genauer freilich als alle, die hier nächtlich gingen und kamen. Sie sah ihm erschöpft entgegen, und der Anblick ihrer Schwäche entzündete den Mann. Er eilte rasch auf sie zu, und während sie, schon bereit, das Hemd von der Schulter zerrte, sah er ohne alles Erstaunen, dass auch sie nicht mehr unverletzt, sondern in der Umarmung des Mars verwundet worden war. Nun riss er sie an den Locken und bog ihre Kehle zurück – der Apfel trat breit hervor und glänzte von leichtem Schweiß; dann schrie sie kurz und wild zwei-, dreimal in das Dunkel, warf sich an seine Brust und drängte ihn gegen die Treppenstufen, das Bein wider seine Knie gestemmt, sodass er taumelte und rückwärts herunterschlug. In dem näherzuckenden Flammenschein sah er ihr helles Gesicht mit den schaufelförmigen Zähnen, das zornig über ihm stand, griff sie an beiden Schultern und versuchte, sie niederzukämpfen, als mit einem Mal oben die Flügeltür aufging und betrunkene Offiziere, die den Fall gehört haben mochten, die beiden brüllend umstanden …

Verflucht – er hörte ihr Lachen und den Vorwurf, er habe nicht aufgepasst, sah die Kartenfelder zittern und wog die beinernen Würfel mit jenem Schwung der Hand, welcher lange Übung verriet und wohl bemessen war. Eine hohe Zahl rollte aus; er griff nach seiner Dame und rückte siegreich vor, gewann weiter Zug um Zug und sah, wie die Offiziere mit böse geronnenen Lippen den verlorenen Part umstanden.

Sogleich trug er neuen Wein, Hummer und Sekt hinzu; er plünderte seine Habe – unerhört in dieser Notzeit – um jenes Kampfes willen, den er bestehen musste, und verriet die Höhe seines Besitztums an die, von deren Laune ihm alles abzuhängen und auszugehen schien. So gewann er sie endlich wieder und begann ein neues Spiel. Die Franzosen behielten das Käppi auf, mit dem sie sich am Ende des ersten bedeckt hatten, und der Wirt trug jetzt seinen Stahlhelm, der über den Krieg hinaus gerettet und bis dahin im Keller aufbewahrt worden war.

Man erfand eine neue Art, einander auszustechen, hatte die Pfropfenfiguren an kurze Rebenstecken gebunden und ging fechtend gegeneinander. Weil keiner die Regeln wirklich kannte, ergab es sich bald von selbst, dass man willkürlich fasste und zustieß. Überdies war das Zimmer voll Rauch, der jede Sicht verhängte, den Ungeschickten lockte, nur kurzerhand zuzustechen, dem Rohling Gelegenheit gab, sich ungestraft zu vergnügen und den Ängstlichen verwirrte.

Der Gastwirt warf seine Jacke ab, das Militär tat desgleichen, und schon floss da und dort Blut. Die jungen Offiziere, welche vorhin zusammen getanzt hatten, lagen sinnlos betrunken am Boden und saugten einander die Wunden aus, zerbissen sie von Neuem und hielten sich gegenseitig für das Liebchen, nach dem sie seufzten. Der Provençale machte den Schiedsrichter und sprang lächerlich hin und her, feuerte bald den einen, bald den anderen an und prustete, wo ihm der Kampf zu hitzig wurde, den Raufhähnen Wein ins Gesicht, den er sehr geschickt durch die Zahnlücken spie.

Am hitzigsten focht der Elsässer; und vielleicht, weil die gleiche Sprache ihn mit dem Wirt verband, hatte er sich – man kämpfte jetzt zu Paaren – mit diesem gegen den Vicomte und einen blassen jungen Menschen zusammengetan, der nicht nur besser zielte als alle, sondern auch, wenn es nicht nachzuweisen war, Finessen und Finten aus sicherem Hinterhalt brauchte, welche den Wirt zwar nicht ernstlich schädigten, jedoch in fiebrige Raserei und blinde Wut versetzten. Einige Male schon hatte er, wenn sein Gegner auswich und niederging, Wadenstiche empfangen und war an einem Hindernis abgeglitten, das seinen Rebendolch fortschob, als es ihm endlich gelang, den Blassen zu überführen und seine Hand festzuhalten, die ein Gummiband am Gelenk und daran ein Stilett befestigt trug, das gerade im Begriff war, zurückzuschnellen.

Hatten bis dahin alle aufseiten des Franzosen gestanden, so kehrte das leicht entzündbare, wankelmütige und in seiner Ehre getroffene Volk der Kameraden sich nun ebenso plötzlich um, bedrohte den Falschspieler mit Schimpfworten, Püffen und Hohngelächter, erzwang ein gezischtes Pardon von ihm und hob in dem nächtlichen Rausch von Großmut, Sekt und Verbrüderung den Wirt als Sieger empor, trug den Mann mit dem Stahlhelm zum Billardtisch und stellte ihn hinauf; dann drückte man ihm eine Pistole in die Faust und schoss mit trunkenen Händen, die krampfhaft zitterten, wohin er den ersten Einschlag gab.

Das Rebengehänge schaukelte, klirrte, und zertretenes Glas stäubte unter den Sohlen der Soldateska; von der Decke brach Kalk herunter, Sektpfropfen knallten dazwischen, und der Elsässer, grau im Gesicht, entleerte die Flasche in den Kühler, wusch seine Stirn in der prickelnden Flut und schluchzte laut vor sich hin. Bald hingen nur noch zerfetzte Schnüre im Saal, eine übrig gebliebene Traube schwang, leise pendelnd, am Fensterkreuz, das Klavier fing wieder zu heulen an und vermochte nicht aufzuhören, weil das Taschenmesser stecken geblieben und die Klinge abgebrochen war. Eine Feder musste verletzt sein, denn die meckernde Höllenmaschine lief jetzt wie rasend ab, und ihr ausgelassenes Klappern riss alle noch einmal empor.

Der Wirt, vollkommen nüchtern, doch wie in einem Traum, dessen scharfe Deutlichkeit ihn zerschnitt wie die Sauerstoffflamme den stählernen Tresor, begann von Neuem zu schießen und setzte die Pistole blind auf sein Eigentum an. Holzrahmen splitterten, Birnen zersprangen, die Fenster der Vitrine stürzten ein, und das stumpfe Rot des Samtbelags bleckte wie eine Zunge, porig von den Stichen der Pfropfensammlung, hervor. Der kleine Saal bot ein Bild jenes männlichen Mutwillens dar, der umso gefährlicher wurde, als er in ein Gastmahl hereingebrochen war, dessen üppige Überreste sich kupplerisch mit ihm vermischten und sich dem Militär zu neuer Stärkung anboten oder, wo sie am Boden lagen, die Füße straucheln machten und die Männer veranlassten, den letzten Stuhl zu Stoß und Fall zu bringen. Schon verminderte sich das Licht, und schließlich brannte nur noch eine Birne von sehr geringer Leuchtkraft, bis endlich auch diese erloschen war und das Zimmer dunkel lag ...

In dem wüsten Durcheinander des nächsten Augenblicks begann eine hohe Stimme das Lied von Malbrouck zu singen, der in den Krieg gezogen und nicht zurückgekehrt war. Sofort fielen andere ein, und während überall Taschenlaternen aufblitzten, deren unbarmherziger Strahl die Zerstörung sichtbarer machte, als ein verbindendes Licht es jemals getan haben würde, fassten einige sich an den Händen und bildeten einen Zug. Zunächst ging es um den Billardtisch, auf welchem der Wirt mit schwappendem Bauch taktierte, dann unter seiner Führung in die vorderen Wirtschaftsräume, in denen kalter Rauch und der säuerliche Geruch des verlassenen Bierschanks lag, hierauf durch das Kellergewölbe zu dem Refektorium empor, das jetzt ein Pferdestall war, an der Kapelle vorüber, die im Zwickel den Kappenkerl trug, und zuletzt nach den Zimmern der Offiziere im neuen Anbau hin. Dort fiel, als ob man einen Beerenzweig schüttelte, einer nach dem anderen ab; das Lied klang immer schwächer über Flure und Dielen hin, und schließlich war der Wirt mit dem Refrain allein ...

Er lachte laut und vergnügt, lief die teppichbelegten Stufen hinunter, bog über den nassen Hof nach dem Hauptgebäude zu und empfand eine tiefe Zufriedenheit, welche dicht unterm Zwerchfell saß, eine süße Sättigung, die doch nicht stark genug war, um schon gestillt zu sein und in Ekel umzuschlagen. Der Wind kam jetzt mehr von Süden, und die gefährlich laue und nebelschwere Luft trug keineswegs dazu bei, den Berauschten zu ernüchtern. Zwar war der Wirt nicht eigentlich von Sinnen, doch mehr als dies: verwandelt und zwar in einen andern, der sein früheres Leben verlassen hatte und einer Bewegung verfallen war, wie sie spielende Knaben kennen, die von dem Schwung der Kette beim Laufen abgeschleudert und weitergetrieben werden.

»*Et il ne reviendra* ...«, sang der Wirt entzückt vor sich hin, hielt aber erschrocken ein, als der Ton in der großen Stille wie geronnen stehen blieb, und zog, in vager Erinnerung an Heimkünfte ähnlicher Art, die Schaftenstiefel aus. Nun stand er in Wollsocken da, und seine Füße dünkten ihm zwei große graue Mäuse zu sein; er krümmte die Zehen empor und fand, dies seien die Ohren; lachte kindisch vor sich hin und riss auch die Strümpfe ab. Dann ballte er sie zusammen, warf sie die Stufen empor und kletterte hinterdrein. Wo aber die Strümpfe lagen, mussten auch, so dachte er, der Rock und die Hosen sein. »Geht zum Teufel« – sie flogen zur Erde, hierauf seine wollene Weste und das flanellene Hemd mit den lilagrünen Streifen, sodass der Wirt zuletzt, nur noch mit einem Netzjäckchen bekleidet, das unter dem plumpen Stahlhelm wie ein Ringelpanzer wirkte, völlig nackt auf dem roten Läufer stand.

So würde er seiner Frau gefallen, dachte der Wahnsinnige und sah nach der Schlafzimmertüre, die glatt und rätselhaft in schwerer Angel hing. Daneben befand sich ein Wandschrank, in welchem Kognakflaschen: Kirsch, Kümmel und Pfefferminz aufbewahrt wurden. Man hatte sie gern des nachts zur Hand, um einen von fetter Feier oder häufigem Probieren geschwächten Magen zu trösten, und so griff jetzt auch der Wirt danach – doch nicht, um sich zu beruhigen, sondern gänzlich zu befreien, was nur noch an einem Faden hing. Indem er sich selber zutrank und verschiedene Sorten mischte, kam ihm vor, als höre er atmen. Sein erster Gedanke war, es könne Johanna sein; dann aber entsann er sich aus seiner Knabenzeit, dass er damals oft dieses Rauschen gehört und in der Einsamkeit seiner Nächte zwei riesige Flügel gesehen, vielmehr sich dieselben vorgestellt hatte, wie sie brausend nebeneinanderstanden, steil aufgerichtet und an den Enden zerrissen wie die Flügel einer Wildgans, die auf der Wanderschaft ist. Dieses Atmen war das letzte, woran sich später der Wirt noch entsann, bevor er die Türe aufriss und wie ein Mörder mit Netz und Kugel in Johannas Traum einbrach ...

Was aber jener träumte, nachdem sie die Küche verlassen, sich in Kleidern auf das Bett geworfen und dem Schlaf überantwortet hatte, war folgende Begegnung: Sie lief als junges Mädchen, soeben der Schule entwachsen, auf einem Botengang durch das frische Morgenbachtal, den bewaldeten Höhenweg, der hinunter nach Bingen führt. Zuerst zwischen mächtigen Tannen, dann auf den Pfaden wandelnd, die noch aus der Römerzeit stammen und deren steinige Rücken, mit Wacholder und Ginster bewachsen, sich brennend in die Mittagssonne und über die Berge heben, war ihr plötzlich, als höre sie Schritte, die taktmäßig auf- und niederklangen, begleitet von einer Strophe, deren Inhalt sie nicht verstand. Ein Angstgefühl, mit Neugier untermischt, beschleunigte ihren Gang; sie sah der nächsten Biegung mit klopfendem Herzen entgegen und atmete freier auf, als in schwindelnder Tiefe der Rhein durch die dunklen Stämme floss. Nach einer Spanne Zeit – wer misst sie in dem Traum? – kam der Schritt wieder näher heran und endlich auch der Mann, dem er angehören musste. Es war ein Waldarbeiter, rundköpfig, mit Wadenstrümpfen und einer kurzen Axt, deren Schneide bei jeder Bewegung blitzte, als ob eine kleine Flamme auf seiner Schulter säße. Sie sah seine nackten Knie, in denen, schön eingesetzt, die glänzende Scheibe spielte, hierauf das blanke Eisen und dann einen mächtigen Sturmhelm über grausam entzündeten Augen, schrie einige Male gellend, doch, wie ihr deutlich bewusst war, völlig unhörbar auf und erblickte ihren Mann, der überlebensgroß in der offenen Türe stand.

Ein paarmal drehte sich alles im Kreis – – dann sank die Gestalt zusammen und wurde wie gewöhnlich, ja schließlich ein fetter Zwerg mit allzu dickem Kopf, der herangewackelt kam.

»Schwein«, zischte Johanna böse und riss ihm die Flaschen aus der Hand, welche er bis dahin umklammert hatte. Der Mann geriet ins

Taumeln und wäre fast gefallen, griff blindlings zu und packte die Frau an den Haaren, die sich augenblicklich lösten, auf ihre Schultern rollten und jenen Duft hergaben, der bis in die Wurzeln gedrungen war: Juchten- und Fliederparfüm, vermischt mit der kräftigen Bitterkeit, welche immer in ihnen wohnte. Dies mochte die frühe Johanna sein: wild, hasserfüllt und jungfräulich – doch der jetzt über sie stürzte und sich in das raue Haar wie in einen Feldrain verbiss, den Zopf in seinen Mund nahm, als ob er Bilsenkraut kaue, und mit verwirrten Sinnen einer dumpfen Betäubung verfiel, war nicht mehr der Mann, den sie kannte, Franz Höhler, Hausherr im Kappenkerl.

Einen Augenblick lang gab sie nach und stemmte sich dann, beide Fäuste auf seine Brust gesetzt, erbittert gegen ihn. Er griff sie lachend am Hals, hielt dessen Wirbel fest und kraute die zarte Nackenrinne bis unter den Haaransatz. Geschickt wich sie plötzlich aus und ging mit dem glatten Kopf aus seiner täppischen Hand; er aber, ihre Schultern wie ein Rasender umklammernd, traf jetzt Johannas Kehle mit flüsternd geöffneten Lippen, kroch zu den Ohren hinauf und erfüllte die kleinen Muscheln, welche fest an den Schläfen lagen, mit Befehlen, Wünschen und Drohungen, die so fremd und schauerlich waren, dass ihnen die Frau wie den Reden eines Wahnsinnigen stillehielt, durch taubenkluge Fragen ihm listig auszuweichen, und als dies nicht helfen wollte, sich aus dem tollen Spiel mit Glück zu retten suchte, indem sie auf seine Seite herüberwechselte und grell belachte, was der Furchtbare vorschlug.

»Sauf!«, sagte jetzt der Mann und goss ihr Kognak ein, den sie halb verschluckte, halb wieder auszuspeien bemüht war, indessen er sie auf den Schoß zog und wohlgefällig bemerkte, wie ihr der Schweiß aus allen Poren brach. Dann setzte er die Flasche ab, tat selbst einen kräftigen Zug und schüttete den Rest in die Bluse der Frau hinunter. Sie kreischte halb erschrocken, halb hingerissen auf, wie die Mädchen beim Tanzen tun, wenn einer ihnen zu nahe kommt, riss das nasse Kleidungsstück ab und flammte plötzlich hoch, als habe der wilde Feuerherd ihrer unersättlichen Seele das jählings verschüttete Öl der zerbrochenen häuslichen Krüge empfangen und schlüge nun, freigesprochen von jeglicher Verpflichtung, bis zum Kamin empor.

»Was machen denn die Franzosen?«, fragte Johanna leise und fügte lauernd hinzu: »Sieh nach, ob keiner horcht und die Türe verschlossen ist ...«

»Ich habe sie in die Betten gejagt«, versetzte der Mann wie ein Hahnrei, der prahlen zu können glaubt, wo er verstehen sollte.

Sie zuckte übermütig mit den entblößten Schultern, glitt rasch von seinem Schoß und wandte die Soldatenbilder: den Übergang Blüchers bei Caub und die Schill'schen Offiziere, welche mit dem Gesicht gegen die Wand gestanden hatten, wieder nach vorn und sah mit geblendeten Augen in Pulverdampf und blitzende Degenwälder. Der Mann trat eifersüchtig erglühend hinter sie, kauerte gleichfalls zur Erde nieder, und während er sie von hinten umfasste und den Ansturz ihres Körpers mit gebogenem Knie auffing, knurrte er: »Den möchtest du wohl haben – –« auf einen der Krieger deutend, welche, die Brust hervorgewölbt und das Gewehr im Anschlag, Tod und Verderben spien.

Die Frau kam aus riesiger Ferne zurück, prüfte lange das Gesicht ihres Mannes und fand darin, was sie suchte. Er hielt ihren Kuss, der dem Biss einer Wölfin ähnlich war, mit blutender Lippe aus, gab ihn in gleicher Weise zurück und verletzte ihren Nacken, den Hals und die ehernen Schultern, wortlos den Blick auf das Bild gerichtet, als ob er sich daran übe. Sie griff mit der einen Hand nach dem klaffenden alten Rahmen, zog den schlecht verwahrten Öldruck heraus und wischte über das Glas. Nun spiegelten sich beide vor einem Hintergrund, der mit roher Pappe beklebt war, und ergötzten sich daran, die Wangen fest aneinandergeschmiegt, verdorbene Fratzen zu schneiden, von tierischer Bewegung entsetzlich überlaufen, indessen der Wirt sich bekreuzte, damit die Gesichter nicht stehen blieben.

Hernach, davon gelangweilt, begannen sie mit dem Alkohol klebrige Figuren auf das Glas und in die Handflächen ihres Partners zu malen: Kantinenbilder, die das ewig Gleiche so sicher trafen wie der Pfeil den Schild.

Johanna, Sturm in der Seele und eine Befreiung fühlend, welche quer durch ihren Schoß fuhr, als ob die Frucht sich löse, nahm eine Kognakflasche, zerschlug sie an der Wand und las die Scherben auf, gierig die scharfen Ränder beleckend, sodass ihre Zunge zu tropfen begann und der Mann ihr das Glas entwand. Sie erbettelte es zurück, zerschnitt sich auch die Hände und warf es ihm wieder zu – er fing es mutig auf, und beide spielten Fangball, bis der Schmerz in Verzweiflung überging und keine Grenze mehr war ...

Als der nackte Mann mit dem Stahlhelm entsetzlich auf sie zukam, erschrak Johanna noch einmal, riss Schuhe, Strümpfe, Mieder und

Hemd ab und warf sie ihm in den Weg, als vermöge ihn aufzuhalten, was seinen wilden Blicken bis dahin die Beute verhüllt hatte. Er aber, die Lumpen beiseiteschiebend, sah in zuckenden Flammenbändern die fremde französische Frau mit dem verwundeten Hals, der sich nach hinten bog, und fing sie in haarigen Armen auf, als sie rückwärts über sein Bein zur Erde taumelte. Dann setzte er den Stahlhelm auf ihren hohen Leib, betrachtete martialisch ihr schmelzendes Gesicht – – und erbrach sich über ihr.

In der vierten Morgenstunde erhob sich die Befleckte und fühlte die mächtigen Zeichen der nahenden Geburt. Sie wusch sich mit kaltem Wasser, zog Hemd und Mantel über und verließ den Raum wie ein Tier, das seinen Winkel sucht. Auf der Treppe hielt sie an, von drängenden Wehen geschüttelt – aber so, als ob sie aus eigener Kraft etwas abzuwerfen suche. An der Haustür schlug ihr ein Windstoß entgegen; die Luft war rein und klar, schon blassblau gegen Osten, wo der Zwickel mit dem Kappenkerl am dämmernden Himmel stand. In den Ställen bewegte sich dumpf das hoffnungslose Vieh, und irgendwo krähte jammernd ein überwacher Hahn.

Die Frau ging mühsam weiter und tastete sich an der Mauer entlang nach dem Kapellenraum hin, der unverschlossen war. Dort gebar sie ihren Sohn, warf sich mit letzter Kraft, schon verblutend, nach vorne über und biss die Nabelschnur durch. Dann hob ihre freie Seele das zerfetzte Gefieder der Wildgans, und die geflügelte Nike verließ den schmutzigen Hof, wo das Wasser, vermischt mit Hühnerfutter, in trüben Lachen stand.

Der Wirt lag in tiefer Betäubung, als die Knechte den Leichnam der Frau und ein Neugeborenes fanden, das wimmernd zur Decke sah. Er wurde wachgerüttelt, erfuhr, was sich ereignet hatte und befestigte einen Strick hoch oben am gleichen Fensterkreuz, das in der vorletzten Nacht erschüttert worden war, als er mit seiner Frau den geisterhaften Flöten und Hornsignalen lauschte. Dann knüpfte er bedächtig einen kunstvoll gewirkten Knoten und schwang in der Todesschlinge wie die letzte Traube im Saal ...

Die Nachbarn erbarmten sich des nunmehr doppelt Verwaisten, der unter dem Schwerte Sankt Martins hinausgeboren war. Sie belebten, erwärmten und tränkten ihn an der Brust einer fremden Frau, und so kam es, dass der Mantel der Barmherzigkeit über den Knaben fiel, ehe ihn noch die erste Windel bedeckt hatte.

Merkur

Als die deutsche Inflation auf ihrem Höhepunkt war, verschwand eines Tages ein Kaufherr, geheimer Lenker von Banken, von Trusts und Syndikaten auf rätselhafte Art, und seine Spuren vergingen, durch Nachforschungen erweitert, wie Kreise auf einer Wasserfläche, die größer und heller werden.

Weil er zwar keine Freunde, doch ein riesiges Unternehmen und viele Feinde besaß, welche selber gern die Papierlawine, die von ihm, wie man sagte, aufgeschwellt und zu Tale geführt worden war, als munteren Glücksball benutzt und ihre schäbigen Wünsche darin verborgen hätten – war man sehr rasch geneigt, an listige Täuschung zu glauben und veranlasste, dass ein Netz von Telefongesprächen, Erkundungen, raschen Notizen über Gestern und Heute geworfen wurde.

Zunächst erschien es fast einfach, den geflügelten Schritten zu folgen, die sich aus dem besetzten Gebiet nach England gewandt haben mussten; eine Platzbestellung verriet es, welche Schlafwagen nach Calais und von dort aus eine Schiffskabine beantragt hatte; aber während man noch daran war, die Passagierliste durchzusehen und ein Hotel anzurufen, in welchem der Kaufherr abzusteigen und Besuche zu empfangen pflegte, brach schon eine neue Fährte auf.

Sie kam von dem Militärflughafen der englischen Kommandantur, wo, wie man versicherte, sein schlanker Wagen gesehen wurde, der sich kometenhaft aus dem dämmernden Morgen löste. Der Pilot, ein schweigsamer Mensch mit langen Pferdezähnen, seit Stunden informiert, hatte ohne Verwunderung das Monogramm auf der Aktentasche und jenen berühmten Mann gesehen, von welchem man sich erzählte, dass er kein Visum brauche, ja in enger politischer Bindung zu den Wirtschafts- und Kolonialministern der britischen Krone stehe und mit getarntem Auftrag Produkte Vorderindiens: Rohrzucker, Baumwolle, Seide, auf die Waage des Weltmarkts lege.

Nun entsann sich auch ein Taxenbesitzer, jenem Auto begegnet zu sein, als er in der vergangenen Nacht nach dem großen Lokal zurückfuhr, vor welchem er für gewöhnlich bis fünf Uhr morgens parkte. Der Kaufherr war ganz allein gewesen, barhäuptig, aber im Frack, und während der Schatten des Chryslers bis an die Rampe vorglitt, stand der Einsame unter dem Lichtband einer hüpfenden Sektreklame, die ein schmales Stängelglas zeigte, das sich unaufhörlich füllte, erlosch und die leuchtende Flut von Neuem in sich trank. Befragt, wie spät es gewesen sei, gab der Taxenbesitzer zur Antwort, er wage nun nicht mehr, halb zwei zu sagen, da die Blumenfrau vor dem Lokal nicht über Mitternacht bliebe und ihm heute einen Dollarschein vorgezeigt habe, den ihr der Kaufherr am Ausgang für ihre Parmaveilchen, die letzten im Korb, gegeben hatte.

Man ermittelte diese Frau und stellte zweifellos fest, dass wirklich die Mitternacht erst vorüber gewesen war – gleichzeitig aber meldeten sich noch mehrere dieses Gewerbes, ja schließlich die Blumenweiber aus sämtlichen Bezirken und drängten sich aufgeregt vor dem leitenden Kommissar.

Ihnen allen hatte der Rätselhafte einen Veilchenstrauß abgekauft und mit fester Währung bezahlt: Pesetas und schwedische Kronen, Reis, Gulden und Yen traten auf; das englische Pfund und die Lira entfalteten ihr Gefieder. Entfernte Länder begegneten sich, wurden eins auf das andre geschoben, überdeckten ihre Grenzen, und auch die Zeitangaben, die jene Frauen machten, waren ungenau, überschnitten sich oder löschten einander aus.

Zuletzt kam eine Dame, unscheinbar und verschüchtert, stand hilflos in den Gängen, und als man sie bemerkt und eingelassen hatte, machte sie folgende Aussage: Sie war in der fraglichen Nacht auf dem Nachhauseweg von einer Gesellschaft gewesen, hatte ursprünglich einen Wagen benutzt, die ihr einer der Herren besorgte, dann aber, weil die Luft sich bewegte und durch die geöffnete Scheibe nach frischem Vorfrühling roch, war sie früher ausgestiegen und sorglos weitergegangen. Es mochte vier Uhr des Morgens, vielleicht noch etwas später sein; die Stadt begann zu erwachen, Gemüse- und Milchwagen rollten, und weil es Faschingszeit war, belebten schwankende Masken das morgendliche Bild, ängstlich vermummte Gestalten, die von Privatbällen kamen und den grotesken Anblick einer aufgepumpten Bürgerlichkeit, die in Türkenpantoffeln, Reiterstiefeln und Cowboyhosen stand, so offenkundig gewährten, dass die Dame öfter stehen blieb und sich, wie sie selber sagte, mit traumhafter Neugierde umsah – als plötzlich ein Herr auf sie zukam: fest, schlank, mit geöffnetem Mantel, der den gut geschnittenen Frack enthüllte, an dessen tiefem Revers ein übermäßig großer, aber duftloser Veilchenstrauß saß.

Sie müsse nun bemerken, dass sie selbst einen grauen Pelz trug, woran sie, der Mode folgend, gleichfalls ein Veilchenbouquet, jedoch ein künstliches, mit silberner Nadel befestigt hatte. Der Herr verneigte sich höflich, trat auf die Dame zu, die ein unvermutetes Zittern unter fragendem Lächeln verbarg und sich vorzusagen suchte, dass rheinischer Karneval und also durchaus kein Grund, sich zu ängsten, vorhanden sei, und nahm ihr mit leichten Händen, die jede Berührung vermieden, den Strauß von dem Pelzmantel ab, riss ein Scheckbuch heraus und schrieb, löste vorsichtig das Papier und befestigte es mit der Nadel genau an der nämlichen Stelle, wo die Veilchen gesessen hatten. Dann hob er den Blick empor, sagte fast zu sich selber, Pardon, und während sie noch überlegte, ob ihr ein Scherz erlaubt sei und auf die Komödie vom »Veilchenfresser« rasch anzuspielen versuchte, war er schon wieder verschwunden, als habe die feuchte Luft ihn wie ein zerfallendes Pulver vollkommen aufgelöst.

Von dem Kommissar unterbrochen, weshalb sie auf diesen Vergleich und nicht lieber auf den Gedanken käme, den erhaltenen Scheck vorzuweisen, schrak die Dame errötend zusammen und holte das Papier aus ihrem Täschchen hervor. Doch enttäuschte es die Erwartung, die darauf gesetzt worden war. Als nämlich die Blasse weitergegangen, verdunkelte sich der Himmel, und ein Gussregen stürzte rasch und unvermittelt herab, war übrigens bald vorüber und hatte nur ihren Pelz genässt, den Scheck jedoch gänzlich verwaschen, sodass die Unterschrift bloß gemutmaßt werden konnte.

Um wenigstens festzustellen, ob jener Unbekannte, der für die künstlichen Veilchen einen Inflationsscheck geschrieben, mit dem Kaufherrn identisch sei, der die echten für gute Valuta in allen Stadtteilen ausgesucht hatte, legte man der Dame das Bild des Entschwundenen vor, das sie lange betrachtete – – zuerst mit einem Zucken, welches Wiedererkennen verriet, dann immer unsicherer werdend, um endlich auszusagen, der Nächtliche sei ihm wohl ähnlich gewesen, doch keinesfalls der gleiche, ja, wenn es nicht gar zu fantastisch klänge: so wie ein Zwillingsbruder von jenem unterschieden, vielleicht nur durch einen Hauch, ein fast gespenstisches Etwas, das sie nicht beschreiben könne.

Weil ihre Zeitangabe, die sie, aufs Neue befragt, mit aller Bestimmtheit machte, unmöglich mit der des Piloten, dem man weit mehr Glauben schenkte, vereinigt werden konnte, entließ man die Dame achselzuckend, ihre Hysterie nicht bezweifelnd, welche sicher aus Missvergnügen an einem triumphlosen Ball, den sie früher verlassen hatte, einen harmlosen Faschingsscherz geheimnisvoll übersteigerte. Sonderbar freilich blieb es, dass der Scheck nicht höher angeschlagen wurde, ja im Verlauf dieser Sache sogar den Akten entfiel – erklärlich jedoch für alle, welche damals miterlebt haben, wie nicht nur das Papiergeld über Nacht verloren war, sondern Briefe und Autogramme verbrannt und verschleudert wurden, als ob schon allein die Substanz aus alten Lumpen genüge, um die Aufschrift mitzuentwerten ...

So vergingen etliche Wochen fruchtloser Nachforschungen, von denen jede einzelne die andre als Echo zurückwarf und die Suchenden immer tiefer in einen Irrgarten lockte, dessen Baumgruppen, Hügel und Pavillone sich zwar spielerisch öffneten, jedoch als Zauberwälder, als Gaurisankar und Sesam den Ausgang drohend umstellten und keinen Rückweg mehr duldeten. Jede Meinung stand allein und hatte sich verlaufen, es gab keine Einigung, nichts hatte Gültigkeit, und die Anteilnahme der Welt, welche anfangs sehr stark gewesen war, wie immer, wenn es sich um die Erschütterung einer Sphäre handelt, die den Grundstein der Erde auszumachen und unberührbar scheint, verlor sich allmählich wieder – umso mehr, als es kaum einen Menschen gab, der sich nicht mit eigenen Maßen bereits jene Sache erklärt und sie damit erledigt hätte. Überdies erschwerte die Ruhrbesatzung, der eherne Kordon und die Ausweisung vieler Beamten geregelte Nachforschungen; es verstrichen weitere Monate, wo man sie fast vergaß, um sie dann lau und zögernd von Neuem aufzunehmen, bis schließlich andre Ereignisse kamen, welche größer erschienen als jenes:

Die magische Bannung des Geldes erschreckte das Leben der Menschen nicht weniger, als es vorher sein reißender Absturz getan – und am Grund jener Talsohle aufschlagend, in welche die Zeit sie gerissen hatte, erkannten viele erst, dass sie vernichtet waren. Was kümmert jedoch den Zerschmetterten noch sein eigener Totenführer? Er weiß nicht einmal, ob es ein Mensch oder nur ein Sturm, das Gefälle, ein losgetretener Stein oder alles zusammen war, was ihn entwurzelt hatte.

So kam es, dass der Name des Entschwundenen, welcher sich zuerst mit riesigen Buchstaben in die Gehirne eingebrannt hatte, wieder erlosch. Sein Werk ging auf andere über oder wurde Konzernen eingegliedert, deren Nutznießer anonym und daher umso mächtiger waren. Eine bloße Überschreibung genügte, um Rohrzucker, Baumwolle, Seide, einen anderen Weg zu leiten, und nicht die geringste Störung trat durch die Tatsache ein, dass andere jetzt regierten, was der Kaufherr nur dem Marktwert nach und in der letzten Verwandlung, aber niemals mit seinen Sinnen und am mütterlichen Grunde, als Kern oder Blüte, besessen hatte.

Mit dem Schatten der Dinge handelnd, war er selber unbekannt, ja fast, was die Algebra eine Größe nennt, geworden; und wer ihn gesucht hatte, tat es, wie man Gleichungen aufzulösen oder aber den Wendepunkt der Kurve zu fassen gewohnt ist.

Doch je kälter die Meute vordrang, um den Verschwundenen, wenn nicht zurückzugewinnen, so doch wenigstens einwandfrei als tot bewiesen zu haben, desto unklarer war die Rechnung geworden und ging an keiner Stelle, auch nicht andeutungsweise, auf. Mit unbegrenzten Mitteln und großen Gebärden betrieben, musste notwendig schon von Anfang an jede Forschung dem möglichen Maß der menschlichen Wirkung entzogen, jede Spanne zu weit bemessen werden – und während der Zirkel sich umschwang und aller Augen ihm folgten, vergaß man den magischen Punkt, wo die aufgesetzte Spitze still in sich selber kreiste und jene Stelle angab, wo der Kaufherr zu suchen war. Dort freilich kann weder von Anfang noch Ende gesprochen werden; sein Verschwinden geschah von jeher und war zugleich der Beginn seiner gültigen Gestalt, sodass jetzt nur zu erzählen bleibt, wie sein Dämon ihn fand und erfüllte ...

Noch ehe die dunkle Schlange des lügnerischen Papiergelds sich in den Schwanz gebissen und aus Äskulaps rettendem Zeichen, auf welches man Hoffnung setzte, in die Todesrune verwandelt hatte, war ihr doppelzüngiges Haupt dem Verschwundenen erschienen und hatte sich an dem Heroldstab seines mächtigen Lebens emporgerankt.

Es war ungefähr drei Jahre her, gerechnet von dem Tage seines plötzlichen Verschwindens an, und zwar gleichfalls um Fasching herum, dass man den Kaufherrn gebeten hatte, in eine Bar zu kommen, wo ein Holländer, der soeben aus Java zurückgekehrt und auf der Durchreise war, ihm seltene Ornamente, in Holzfächern eingeschnitzt, vorlegen wollte – denn gerade dieser Teil der angewandten Kunst, die fast schon wieder zwecklos und Spiel zu werden sich anschickt, wurde besonders von ihm geliebt, in Originalen, Kopien, Zeichnungen und Fotos gesammelt: Blattwerk romanischer Kirchenfenster, byzantinisches Mosaik, altgermanischer Farbenschmelz auf Schmuck und Schwertgehänge, chinesische Blütenbäume und exotische Krallenleiber – halb Liane, halb Reptil – kurz, alles, wovon er einmal einem alten Kunstfreund sagte: hier hebe sich die Erscheinung, indem sie, was bloß Ornament sei, zur Vollendung gesteigert habe, am deutlichsten wieder auf.

Bereit, eine große Summe zu opfern, wenn er fände, was er erwartete, hatte der Kaufherr holländische Staatspapiere mit sich genommen und die Begleitung seines Privatsekretärs abgelehnt, obwohl man ihm das Lokal, wo er erwartet wurde, als verdächtig bezeichnet hatte. Worin freilich eine Gefahr, oder wie man es nennen wollte, etwa bestehen könne, war nicht recht zu ergründen gewesen; es sei denn, dass der Umstand, das uralte Kellergewölbe einer angesehenen Weinhandlung in eine Privatbar verwandelt zu wissen, die Honoratioren der Stadt zu wilden Vermutungen reizte.

Sie gehörte dem Sohn eines Großkaufmanns, einem harmlosen jungen Burschen, dessen Vater erst vor Kurzem das Zeitliche gesegnet und seinem törichten Erben ein Vermögen hinterlassen hatte, das nur mühsam zu verschleudern, ja teilweise so fest angelegt war, dass der Junge noch immer den Zügel seines strengen Erzeugers fühlte und gegen den Stachel löckte, indem er sinnlose Pläne sich selbst zur Befriedigung aufwarf und sogar mitunter verwirklichte. Ein solcher war jene Bar, die ihm Gelegenheit gab, seinen wahren Beruf auszuüben: den eines Mixers nämlich, der als schüchterner Bankeleve nach England gekommen war, doch dort in ein andres Geheimnis von Mischungen, Stimulantien und verwegenen Bindungen eindrang. Umschmeichelt von Oberkellnern, die das Aussehen alter Lords, und von Lords, welche Kellnergesinnung und die Farbe schmachtender Mädchen hatten, war ihm das schale Zusammensein mit käuflichen jungen Männern nicht unbekannt geblieben, sodass er, nach Hause zurückgekehrt, nicht davon lassen konnte und sich mit Freunden umgab, die seiner Eitelkeit dienten, einer Schar von Müßiggängern, verdorbener als er selbst. Um nicht in Verdacht zu geraten, beschlossen sie, sich den Anschein von Malern, Literaten und Musikern zu geben, luden hin und wieder die Öffentlichkeit zu ihren Soireen ein und pflegten vor allem die Maskenkunst, welche abzusterben drohte, da in der Notzeit des Landes jeder öffentliche Karneval, der Besetzung wegen, verboten war.

Auch an dem bewussten Abend, als der Kaufherr in jenen Kreis trat, empfing ihn Tanzmusik; ein kühler Farbenschauer verlorener Konfettis sank wirbelnd auf ihn nieder, und Papierschlangen streiften an ihm vorbei.

Schon in der Garderobe hatte jemand ihm eine Maske gereicht, dem hochmütig Lächelnden einen Domino übergeworfen – schwarzblau, mit weicher Kapuze, welche tief in die Stirne fiel – und einen Schellenstab in die linke Hand gedrückt, ein überaus zartes Gebilde mit reichem Bänderschmuck, wie es das Narrenvolk dem Karnevalsprinzen verleiht. So vermummt, war der Kaufherr eingetreten und hatte mit leichtem Erstaunen die Verwandlung wahrgenommen, die das Kellergewölbe erfahren hatte.

Was früher ein Lagerraum war, von säuerlichem Geruch erfüllt, weiß gekalkt und ausgeschwefelt, hatte jede Gebundenheit an irgendeinen Zweck verloren und glich einer Zauberhöhle, die von sphärischen Bränden durchfunkelt schien. Ein Leuchter an der Decke war in ständigem Kreisen begriffen und flammte bald rot, bald grün, bald apfelsinengelb auf; beschriftete Lichtreklame zog an den Wänden entlang oder rollte von schweren Pfeilern senkrecht zum Boden herunter.

Der Besitzer, als Mixer verkleidet, in vollkommen weißem Anzug, eine Tüte auf dem Kopf, saß mit unbewegtem Gesicht und mechanisch bedienenden Händen hinter dem Bartisch, wovor auf hohen Stühlen langbeinige Gestalten in modischen Frauenkleidern sich geziert in den Schultern drehten, bei jeder Bewegung kichernd und an der Larve rückend, als verberge sie Frauenaugen. Auf der Tanzfläche drehten sich langsam die ausschließlich männlichen Paare und wandten einander geschminkte Lippen zu, die töricht offen standen; die Transvestiten dagegen verfolgten ihre Figuren mit sachverständiger Aufmerksamkeit, taten grelle Zwischenrufe oder sangen die Schlager mit, die eine kleine Kapelle spielte – fünf, sechs Menschen mit Jazzinstrumenten, die gerade anfingen aufzukommen und noch als lasterhaft, wenn nicht verboten galten.

Niemand schien sich um den Kaufherrn zu kümmern oder seine Anwesenheit bemerkt zu haben; ein Umstand, der für den Verwöhnten einen eigentümlichen Reiz besaß und ihn rascher in den Kreis zog, als er beabsichtigt hatte. Er trat an den Bartisch heran, griff einem Transvestiten in den tiefen Rückenausschnitt und prüfte das Können des Mixers an einem besonders scharfen und kostbaren Getränk, das ihm augenblicklich verabreicht wurde. Indem er es an die Lippen setzte, fand er sich schon befriedigt und kostete, seine Lieblingsreihe der Regenbogenfarben rasch nacheinander durchprobend, den Grundge-schmack dieses Abends, während zahlreiche Masken näher rückten und von ihm zu lernen suchten.

Sein Schellenstab schlug zu und wies die Zudringlichen in ihre Grenzen zurück; dann ging der fremde Gast nach der Musik hinüber, ließ Scheine fallen, betrat, den erstaunten Dirigenten von seinem Platz verweisend, das leicht erhöhte Podium, befahl eine Ouvertüre und trieb die Musikanten mit erhobenem Narrenstock in den zuchtvollen Wirbel der Töne, in einen Blutrausch des Ohres, als zöge er sie und die Tänzer, welche wunderlich gekrümmt in der Bewegung verharrten, durch ein aufgetürmtes Meer; ging wieder in Foxtrott über, sprang herunter, gab die Führung an den Kapellmeister ab und drehte sich ohne Partner geheimnisvoll um sich selbst, wich geschmeidig zurück und drang vor.

Verwirrt hielt er endlich inne, als man ihm Beifall klatschte und suchte sich im Gedanken an den Holländer wiederzufinden; doch war er unversehens schon Mittelpunkt geworden und führte, ob er wollte oder nicht, die Arabeske der Nacht durch ihren Schlummerteppich, verknüpfte den Zug der Gestalten und schoss wie mit blitzender Nadel, an den bunten Leuchtkörpern spielend, bald diese, bald jene Farbe hinein.

Zwei zuckende Reklametafeln, dem Büro des alten Herrn entnommen, erregten besonders stark seine schweifende Aufmerksamkeit. Die eine stellte das Bergwerksgeäder der westdeutschen Kohlenlager und ihre tägliche Ausfuhr nach fremden Ländern dar, wobei sprunghafte kleine Ziffern, welche Tonnen- und Goldgewicht der verfrachteten Ware boten, den dunkelroten Fluss der Lebensbahnen des Landes getreulich beglei-teten; die andere ließ in senkrecht aufsteigenden Lichtröhren Erzeugung und Verbrauch der letzten Weinjahre sehen und schoss vom Boden her auf, als ob unterirdische Kräfte den Saft in die Kelter trieben – dann wuchs eine Zwillingsröhre bescheiden daneben hoch und blieb mit dem »Anno Domini« noch eine Weile stehen, wenn die erste schon wieder gesunken war.

Es gefiel dem Kaufherrn, sie umzuschalten, den Verbrauch vor die Produktion zu setzen und somit Ursache und Wirkung zu vertauschen, bis schließlich Kurzschluss entstand und die Anlage ganz erloschen war. Nun besann er sich auf den Zweck dieses nächtlichen Besuches, als ob ihm das gleichnishafte und frevlerische Spiel die eigne Gestalt zurückgeschenkt und sein Hiersein erläutert habe; nahm den Domino enger zusammen und suchte nach dem Ausgang, um einen Diener zu fragen, ob Mynheer van H. gekommen sei.

Doch zeigte es sich, dass die Zugänge, welche in das Hauptgewölbe führten, aus koboldhafter Laune vollkommen gleich drapiert waren: einen schräg gestellten Spiegel am oberen Rande trugen und einen Glitzervorhang aus Bambusstäbchen hatten, die in Glasperlen endigten, bequemen Durchgang gestattend, um gleich darauf wieder zusammenzufallen und das Bemühen des Kaufherrn schadenfroh zu beklingeln.

In den matt erleuchteten Seitenpfaden saßen zärtlich umschlungene Paare auf schmalen Heizungsrohren und wandten gespensterhaft ihre dunklen Larven her oder winkten ihm fürchterlich zu, ihrem Liebesspiel näher zu kommen. Er wandte sich angeekelt, schob mit dem Schellenstab das Vorhanggeäste zurück und wollte, den Blick auf die Bar gerichtet, sein Gedächtnis wiederfinden – doch auch dieser Versuch missglückte, denn was er für fest gehalten hatte, war inzwischen weitergerollt: Tische, Kredenz und Stühle, auf Gummirädern gleitend, hatten ihren Standort gewechselt und sich in einzelne Teile aufgelöst, in ebenso viele kleinere Bars, wo jeder Gast sich selbst nach eignem Belieben mischte.

Der Kaufherr glaubte berauscht zu sein und war schon einverstanden, in dem Strudel der Farben, Formen und Töne aufzugehen, als er hinter sich einen Zug von treuen Vasallen bemerkte, die ihm rattengleich gefolgt sein mussten und zu erraten schienen, wer sich unter der Maske verbarg, ja den Fortgang der Polonaise des wunderlichen Abends von ihm erwarteten.

Merkwürdig aufgemuntert, beschloss er, sie anzuführen und schlang die flatternde Reihe zwischen Hockern, Musikinstrumenten und Papierrosetten hindurch – – bis sich plötzlich ein Bambusvorhang so melodisch klingend teilte, als fiele tönender Regen von oben bis unten herab, und der Kaufherr sich selbst gegenüberstand.

Sein Heroldstab rückte empor, der andere ebenfalls, und beide kamen jetzt mit zitterndem Geläute sehr rasch aufeinander zu, schwebten endlich, sich berührend, wie hoch gebäumte Schlangen im Liebestanz nebeneinander und bildeten den Caduceus des zwitternden Merkur; dann brach die andre Gestalt stöhnend zur Erde nieder, zuckte schrecklich auf und lag still.

Entsetzt schrien alle nach Wasser; man riss dem Vermummten die Larve ab und befreite ihn von dem Kostüm – es war der Holländer,

der soeben angekommen und auf gleiche Weise maskiert worden war: einen schwarzblauen Domino und jenen Schellenstab trug, den man Gästen zu reichen pflegte. Ob ihn der furchtbare Schrecken, einen Doppelgänger zu sehen, oder andere Schickung hinweggerafft hatte, war nicht mehr zu erfahren; auch fragte jetzt keiner danach, sondern alle suchten sich voll Eile zu entfernen, sodass schließlich der Sohn des Hauses mit dem Kaufherrn allein zurückblieb.

Sie legten den Toten behutsam auf ein breites Ruhebett, und während sich der Junge in dem weißen Mixeranzug zitternd vornüberbeugte, bemerkte der Kaufherr verwundert, dass die Tüte auf seinem Scheitel angeklebt und unbeweglich war. Er knöpfte den Smoking des Holländers auf und nahm mit Überwindung eine schwarze Brieftasche heraus, um festzustellen, wo der Fremde abgestiegen und wo er beheimatet wäre. Doch zeigten sich keinerlei Anhaltspunkte, obwohl alle Fächer prall mit abgerissenen Schiffs- und Eisenbahnkarten angefüllt waren. Schließlich trennte er ein Futterteil aus, das sich gewölbt und knisternd von der Brust des Toten abhob, zog ein Aktenbündel hervor und schlug die bedruckten Seiten um. Hier schien die Lösung des Rätsels endlich gefunden zu sein: französisch und deutsch geschrieben, enthielt es über Waffenlager, geheime Rekrutierung und dunkle Putschprogramme der »Baltikumer« Genannten genaue Aufzeichnungen ...

Der arme junge Mensch, unversehens in solche Händel geraten, entsetzte sich davor und flehte den Kaufherrn an, ihn zu retten und ihm beizustehen. Sie kamen überein, ihren seltsamen Fund zu verschweigen, den Holländer als einen Unbekannten, der sich hier eingedrängt habe, auszugeben und die Freunde anzuweisen, von einem Herzschlag zu reden.

Hierauf nahm der Kaufherr die Akten an sich, durchsuchte noch einmal sorgfältig alle Taschen des Toten und fand auf ihrem Grund eine flaumige braune Feder, die weiß gesprenkelt war. Er blies zerstreut dagegen und hielt sie an den Mund und die Nase des stillen Mannes, wie einer bei plötzlich Verunglückten tut. Dann zog er sie wieder zurück, verbarg sie in einem Stück Seidenpapier, das er vom Boden auflas, legte jetzt erst Maske und Domino ab, ließ sich nach oben begleiten und verabschiedete sich höflich von dem blassen jungen Mixer, der ihn trotz wiederholter Bitten fortan nicht wiedersah.

In seinem Arbeitszimmer gab sich der Kaufherr aufs Neue an die Betrachtung der Akten und hob, die er gesucht und schon gefühlt haben musste, als er zum ersten Mal darin geblättert hatte: sehr schöne, unendlich zarte und sparsam verzierte Fächerformen ans Licht.

Das Holz, so dünn, dass es durchsichtig war, erinnerte ihn an Papier, an den geäderten Grund von wertvollen Banknoten, die aber unbeziffert und am Rande ornamentiert waren – dergestalt, dass sie den Eindruck unendlicher Tiefe machten, einer wunderbaren Leere, die spiralig in einen Trichter, der bodenlos sein musste, führten ...

Wie ein Zecher, der zunächst nur den Duft des Weines kostet, verweilte der Kaufherr genießerisch bei dem Anblick der kostbaren Fläche, die leise zu atmen schien, und wandte sich erst dann der Betrachtung des Randes zu, wo schwach erhöhte Verzierung die natürliche Maserung mit festen Formen begrenzte. Je mehr sich der Kaufherr vertiefte, desto deutlicher traten Teile von kämpfenden Tieren hervor: Leopardenfüße, die zornig auf dem spitzen Leibesende gekrümmter Reptilien standen, Elefantenrüssel und Tatzen, die sich festgeklammert hatten, kurzum das Arsenal der abgelösten Waffen, die noch im Todeskampf, wennschon die Häupter verzuckt und unbeweglich waren, erbittert und sinnlos rangen. Jetzt hatten sie Bewegung – doch rückten sie weiter vom Auge ab, so ging, was eben erst Bestie war, ins Pflanzenhafte über, in den Kreislauf der Natur und des unbarmherzigen Lebens, das gebar und vernichtete, erhaben, sich selbst genug und schon wieder aufgehoben, wenn es ganz in Erscheinung trat.

Der Kaufherr lächelte, barg den Schatz in einem Tresor und notierte Zahlen und Zeichen, die er ausstrich, wieder anschrieb und seinem Sekretär zur Weiterbesorgung gab. Als der Kapp-Putsch bald danach ausbrach, und der Marktkurs zu bröckeln begann, erwies es sich, dass der Kaufherr schon lange gerüstet war, ja in das Bereich des Staates die unterirdischen Stollen seines Wissens vorgetrieben und sich dadurch der Kräfte bemächtigt hatte, die zum Antrieb der Katastrophe wurden, die wir schaudernd miterlebt haben:

Wie die Erdoberfläche nichtig wird, wenn sich das glühende Magma im Innern zusammenzieht, gewannen, umgekehrt, die festen Bodenschätze immer mehr an Bedeutung und Wert, je höher die Berge Papiergelds wurden, die ihnen so entsprachen, wie die steigende Feuersäule der fürchterlichen Gewalt, die sie nach oben hebt. Eine dunkle, vulkanische Landschaft mit riesigen goldenen Früchten, die innen voll Asche waren, stieg aus salziger Flut empor, und neben dem ersten und größten Krater schossen kleinere Geschwister auf, die gleichfalls Papiergeld spien, sich teilten und wieder teilten, bis endlich fast jede Stadt in der eigenen Lava saß. Doch unter dieser Masse – wie unter dem Humusboden des zerfallenden alten Laubs – fing das Leben wie rasend zu wimmeln an; wie blinde Engerlinge und fahle, saftige Keime kam die Lust alles Fleisches ans Licht, und die schamlosen Masken des Künftigen, an sich dem Tode geweiht, traten frech mit dem Anspruch hervor, ein Bleibendes darzustellen. Ob sie das Ungeheuer der großen Inflation als Lava oder Lawine, Flut oder Staubregen fühlten – die dumpfen Gestalten der Zeit, die sich verwandelte, verlangten nach ihrem Fasching und glaubten sich selbst zu betäuben, indessen die Metamorphose schon ihr weiches Dasein befiel; nach ihrem Karnevalsprinzen, der mitten unter ihnen, in dem Hohlraum ihrer Freude stand und den Zug der weißen Mäuse, die aus dem letzten Loch ihrer bröckelnden Habe pfiffen, in den Bauch des Todes führte.

Dass der Kaufherr dem eignen Gewinn, dass er höheren Zwecken diente, kann beides nicht mehr bewiesen werden, doch schenkte ihm seine Gottheit die Freude an dem Spiel, das wie jedes andere seinen Sinn in sich selber fand; und zwischen Mars und Venus, den Göttern des lustvollen Mordes und der enttäuschenden Liebe, tat Merkur mit Lust und Liebe, was die Banken zum Erbeben brachte und das Zünglein an der Waage in ewigem Zittern hielt; ein Totenrichter der Zeit, belud er bald die eine, bald wieder die andere Schale – wenn es die Zeit nicht selber war, die für ihn handelte, nachdem er die hemmende Feder aus dem Uhrwerk der Wirtschaft herausgenommen und das Umlaufgeld dadurch entwertet hatte.

Dem listigsten aller Diebe war es unvermerkt gelungen, den Menschen die Zeit zu stehlen und ihren Raum zu erschüttern, in welchem das Dasein der Dinge dahinfiel vor ihrer Bestimmung: aufeinander bezogen zu sein. Nichts galt mehr für sich allein, sondern nur im Hinblick auf anderes, und dieses ebenso; in dem Kartenhaus des Lebens, aus windigen Banknoten und Möglichkeiten gebildet, verschob sich der Standort der Dinge je nach der Blätterlage, bis schließlich alles schon Aufbruch war, bevor es verweilen durfte.

Allmählich erfuhr der Kaufherr auf wunderliche Art, wo etwas brüchig wurde, sich auflöste, alterte und im Nahen der Katastrophe grimmassierend das Antlitz verzog. Er entsann sich aus seiner Knabenzeit, wie er bei Ballspielen wusste, wem der Flüchtige zugeworfen und bei den Abschlagkämpfen, wen es als Nächsten treffen und überrumpeln würde; aus seinen Jünglingsjahren, dass er, die Bahn besteigend, genau vorhersagen konnte, wer sie als Erster verlassen müsse, um seinen Platz freizugeben. Eine grausame Neugierde trieb ihn, jetzt Ähnliches zu versuchen: Er notierte die Valuta um viele Stunden voraus und las die Fieberkurve der Börse wie ein Arzt, dem sich in tiefer Einschau die vollendete Linie vor Augen stellt, ja manchmal schien es fast, als ob sein Silberstift sie erst zu Ende zöge. Ein Bankhaus brach zusammen, und man erinnerte sich, dass sein Konto erloschen war; Konzerne lösten sich auf, kurz nachdem er sich zurückzog, sodass bald überall, wo sich die Flügelsohlen entweder niederließen oder abzustoßen drohten, eine rauschende Panik entstand – umso mehr, als es keinem glückte, sein Vorgehen nachzuahmen und mancher, der es versuchte, sich plötzlich gezwungen sah, den eigenen Entschlüssen, die ihn allzu rasch entführt und ins Ungewisse getragen hatten, eine Kugel nachzujagen, die schneller war als sie.

Dann schickte der Kaufherr Blumen, betrat die Häuser der Toten, die sich durch seinen Besuch geehrt zu fühlen schienen und ihm auf hohen Kissen entgegenlächelten, nahm die weiß gesprenkelte Feder heraus und hielt sie an Mund und Nase der plötzlich Verblichenen; auch liebte er es häufig, ein Skizzenbuch aufzuschlagen und das Gesicht seiner Freunde mit sparsamen Strichen festzuhalten, wobei Verwandte und Dienerschaft ihn voll Rührung betrachteten … Nach Hause zurückgekehrt, radierte er den Umriss des Menschlichen wieder fort und ließ nur, worauf es ihm ankam: eine wunderliche Linie oder seltsam vertiefte Schatten stehen, die er in Blattornamente oder tierische Teile verwandelte, indem er sie als Gerippe sehr großgelappter Pflanzen, als Geweihe, Hörner, Adern, Gezüngel und Flossen ansah. Vollendetes fügte er oft in seine Sammlung ein, verbrannte es auch manchmal mit festeren Stoffen zusammen und sah lange in den Rauch.

Bald genügte es ihm nicht mehr, die seltener werdenden Opfer in den Häusern der Reichen zu sehen – er suchte Kleinrentner auf, die mit dem Gasschlauch im Munde getrost gegangen waren und brachte Veilchensträuße für die verborgen und still Hinweggestorbenen mit; stellte Geldmittel zur Verfügung und wurde, während er noch, was schwankte, ringsum anstieß, in wirtschaftliche Verbände gewählt; zu Geheimsitzungen, Diplomatenmählern und paneuropäischen Rettungsaktionen wiederholt herangezogen; tauchte bald in Paris, bald in London, in Genf und Genua auf; vervielfältigte seine Erscheinung; hatte

Nachahmer und Vasallen, Feinde, Bewunderer und einen Tierpark von Hunden, Schakalen und Hyänen, die ihm den Speichel leckten und den Abfall seiner Erfolge gemein und gierig durchwühlten.

So war sein Name Symbol für das Geld an sich geworden, eine Zauberformel gleichsam, die über den Acheron der tödlichen Trübsal hin zu den plutonischen Hallen des ewigen Reichtums führte, zu dem goldenen Kalb, das fröhlich auf Asphodeloswiesen von ihm geweidet wurde ...

Da geschah es, dass eines Tages ein alter Sonderling starb, der sich unverständlicherweise mit dem Kaufherrn versippt und verschwägert fühlte. Vor Jahren ein reicher Junggeselle, der Katzen und Hunde hielt, weil das Menschenpack ihn enttäuschte, sah er jetzt erbittert, doch still, sein Vermögen zusammenschmelzen und vergnügte sich grimmig damit, dem Vergänglichen seltsame Formen und Zwecke zu verleihen, so wie man den Schneemann aufputzt, der morgen dahin sein wird: kaufte Kaviar für seine Tiere und legte geladenen Gästen überzuckerte Scheiben von Hundekuchen auf Sèvre-Porzellan vor, das er unter die verteilte, welche gute Miene zum bösen Spiel und den schüchternen Versuch einer unbefangenen Haltung machten. Als nichts mehr zu verschenken, zu verkaufen und zu verschleudern war, gab er den Tieren Gift, setzte testamentarisch den Kaufherrn zu seinem Erben ein, nahm den Rest in der Pulverschachtel, quälte sich kurz und verschied.

Obwohl der Bedachte nur Spott aus dieser Verfügung lesen und sich billigerweise sagen musste, dass die Erbschaft in alten Scherben und Schulden bestehen werde, zwang die ihn beherrschende Leichenliebe seine Schritte dennoch zum Totenhaus hin, wo der Notar ihn erwartete und eine dicke Frau gerade damit beschäftigt war, die geschnitzte Blumengirlande, welche rings um den Eichensarg lief, mit dem Wedel abzustauben.

Der Kaufherr trat hinzu, schlug sein Jackett zurück und holte mit zwei Fingern die braune Feder hervor, blies die Grannen sorgfältig auf und beugte sich über den Alten, dessen Schläfen hier und dort schon dunkel angefleckt waren, als habe die Hand des Todes sich durchdringender aufgesetzt und ihm mitzukommen befohlen. Die Lider schlossen nicht ganz, und auch der dürre Mund klaffte widerlich auseinander und ließ zwischen Zähnen und Zunge etwas merkwürdig Blitzendes sehen.

Der Kaufherr zuckte empor, bog sich dann wieder nach vorne, und indem er mit seinem Daumen den erstarrten Kiefer herunterzudrücken und mit dem Zeigefinger die Zunge zu heben versuchte, griff die andere Hand hinein und holte zwischen den Nagelspitzen jenes Glänzende hervor, das wie ein steckengebliebener Witz sich dort höhnisch festgeklemmt hatte.

Es war ein Vorkriegsdukaten, einst zwanzig Mark unter Brüdern, nun aber ein Vielfaches wert, und indem ihn der Kaufherr betrachtete, scholl die Stimme des Notars wie ein Bänkelsängerlied an sein erschrockenes Ohr:

»Der Tote lässt Sie bitten, diesen Obolus zu halbieren und ihn dafür mit Anstand in die unteren Räume zu führen; denn er kommt mit dem letzten Schneiderfrack und allen seinen Tieren. Damit dem Herrn kein Schaden durch ihn entstehen sollte, bezahlt er den Eintritt in jenes Lokal mit wertbeständigem Golde.«

Der Notar meckerte kurz und trocken, bat den Kaufherrn um Verzeihung, dass er im Auftrag des Toten einen bösen Scherz gewagt habe, und erläuterte ihm die Aufstellung der wenigen Gegenstände, die als Erbschaft infrage kamen. Hierauf bedeckte er sich mit dem Zylinder, griff der Scheuerfrau unter die Achsel und führte sie mit sich fort.

Der Kaufherr sah, dass es nötig war, noch eine Blattecke abzustauben; er griff nach dem Wedel, wischte und legte etwas bloß, das ihm vorkam wie ein Mäuseohr …

Als die deutsche Inflation auf ihrem Höhepunkt war, verschwand eines Tages ein Kaufherr, geheimer Lenker von Banken, von Trusts und Syndikaten auf rätselhafte Art, und seine Spuren vergingen, durch Nachforschungen erweitert, wie Kreise auf einer Wasserfläche, welche größer und heller werden. Es wollen ihn später einige in Kanada als Leichenwäscher gesehen haben – doch weil bereits alles verteilt war und seine Rückkehr nur störend empfunden worden wäre, ging niemand dieser Behauptung nach.

Nur ein entfernter Verwandter, der aus der Art geschlagen war, ein Sensationsblatt gegründet und den Sekretär des Vermissten in dem Zimmer der Schriftleitung aufgestellt hatte, griff noch einmal nach dem Fach, wo ein Fieberthermometer, ein Entwurf zu einer Reklame und die Aufzeichnung eines Traumes lagen – also jene Gegenstände, die der Kaufherr mit großer Wahrscheinlichkeit zuletzt in den Händen gehalten und zurückgelassen hatte.

»Ich stand vor einem Spiegel und sah mich jünger werden«, begann die Traumerzählung, »ging hindurch und erblickte mich in kleinerer Gestalt, durchschritt auch den zweiten Spiegel und dann noch einen dahinter, stürzte weiter, fiel, ward ein Knabe und verfolgte dieses Kind, das immer wieder gespiegelt wurde, versuchte, es festzuhalten, lief und entschwand mir selbst.«

Auf dem zweiten Blatt war ein Herr zu sehen, der eine Sektkarte aufschlug, die auf der ersten Seite genau die gleiche Figur in der näm- lichen Stellung wies: jenen Herrn, um die Hälfte verkleinert, der eine Sektkarte aufschlug, die auf der ersten Seite nun wieder den Herrn enthielt, sodass also jede Figur sich in der nächsten verjüngte, von ihr zurückgeworfen, entthront und bestätigt wurde und der Staunende eine Lupe nahm, um besser verfolgen zu können, wie weit dieses scharf gestochene und sinnlose Spiel noch ginge – dabei stützte er leicht den linken Arm auf das Fieberthermometer; es gab einen kurzen Knall – – Quecksilber rollte aus ...

Venus

Kurz bevor ein französisches Lager in dem Besatzungsgebiet von den letzten Truppen verlassen wurde, als die Räumung fast schon vollendet war, begann auch das Militärbordell sich langsam aufzulösen, und Venus schickte sich an, dem Kriegsgott nachzufolgen.

Berittene deutsche Schutzpolizei umstellte bereits die Baracken und das Verwaltungsgebäude, in welchem um Wäsche und Silber, um Brettspiele, Klubsessel, Spiegel, Konserven und Schreibmaschinen gefeilscht und der Besitzstand der Völker eilig geschieden wurde, und hoch bepackte Wagen, mit Mauleselstuten bespannt, bewegten sich, schwankend von altem Gerümpel, auf welchem Schilderhäuser, die man nicht lassen wollte, und braune Soldaten thronten, aus dem Wald auf die breite Chaussee und von hier auf den Bahnhof zu – als die gefälligen Mädchen beschlossen, ihren Freunden ein kleines Abschiedsfest in dem Bordell zu geben, wozu sie freilich nicht Rührung allein, sondern ebenso wohl der Wunsch, noch diese und jene Beute zu machen, füglich bewegt haben mochte. Auch war jetzt das Lager zum größten Teil von den höheren Chargen verödet und gemeinem Volk überlassen worden, das hier und in der Kantine die Zahlung zu vergessen und mit dem geraubten Genuss über Nacht zu verschwinden pflegte, sodass sich die Mädchen berechtigt glaubten, den Übrigen abzufordern, was andere ihnen vorenthalten und auch die Bewirtung: den Alkohol, die Spanferkel, Gläser, Bestecke und lockeren Weizenbrote von ihren Gästen zu nehmen, umso mehr, als sich alle Bewohnerinnen nun ganz unter sich empfanden, die Soldaten als ihre Brüder, Vergänglichkeit und Aufbruch als vornehmstes Gesetz und mit frechem Schauder fühlten, wie Grausamkeit und Wollust sich Gleich auf Gleich gegenüberstanden.

So schwärmten denn die Schönen an einem Nachmittag, dessen fliegendurchsummte Hitze, entfernte Kommandorufe und unaufhörliches Räderrollen sie nicht schlafen ließen, aus und mischten sich, Schweiß in den Haaren und Wohlgeruch auf der Bluse, dreist unter das Lagervolk; klemmten hier ein schrillendes Huhn, dort ein paar stille Burgunderflaschen, die erst aus trunkenen Hälsen verspätet aufzugackern und sich zu verraten beginnen, fest unter ihre Arme; umstrichen die hohen Karren, welche angespannt, aber unbehütet ihre Abfahrt erwarteten, zogen Laken, zerrissene Tafeltücher und Teppiche heraus, die sie geschickt vor den Leib und über die Hüften banden, und gingen in ihrer Keckheit so weit, den Vermögensverwalter zu necken und Messer, Gabeln, Löffel, das Porzellan und die Gläser von dem ängstlichen Mann zu erbitten – sei es, dass die Chariten ihren Zauber bei Tag überschätzten oder, diebischen Gelüsten aus Übermut hingegeben, sich in den Kindheitsstand ihrer Natur zurückversetzt fühlen mochten.

Nun geschah es, dass auf Befehl des Lagerkommandanten, der schon vorausgeeilt war, die Barackenstraßen, der schüttere Wald und die Schießstände von Patrouillen, welche Übergriffe verhindern helfen und Zivilisten fernhalten sollten, zu verschiedenen Stunden abgegangen und streng gesäubert wurden. Eine solche griff auch die Mädchen auf, welche johlend an Türe und Fenster des Hauptgebäudes klopften, und jagte die Entsetzten mit ihren Gewehrkolben weiter, hetzte Hunde auf ihre Fersen und spielte noch einmal den Herren, indem sie blinde Schüsse auf den Hintern der Huren brannte, die sich im Augenblick rings zerstreut und in den Kasernenwinkeln furchtsam verkrochen hatten. Schon sammelte sich das Häuflein der Uniformierten wieder und wollte abmarschieren, als ihr Führer, ein junger Leutnant: Stutzbärtchen auf der Lippe, geschweifte Hüften, Füße, die schmal und unruhig waren, eine große, starke Person erblickte, die noch an der Mauer lehnte, ein Wäschestück über dem Arm hielt und ihn mit spöttischem Lachen aufreizend musterte. Er erblasste, bog die Peitsche vor ihrem vollen Gesicht, dessen Wangen rosa und fleischig und von bräunlichen Schönheitsflecken betupft und aufgehellt waren, ließ dann die Gerte zurück in die Ausgangsstellung fahren und rührte mit ihrer Spitze den Raub der Dirne an.

»Gestohlen?«

»Peut-être ...«, schlug sie dagegen und schien, indem sie sich lässig der französischen Sprache bediente, den Leutnant zurechtzuweisen, ja, ihn zu höhnen, als ihresgleichen oder besser: als einen Knaben, den man unbestimmt abspeist, behandeln zu wollen.

Der Offizier gab die Führung der Truppe an einen Gemeinen ab, befahl dem Weib, ihm zu folgen und ging mit wiegenden Schritten quer über den Lagerplatz bis zu den Pferdeställen, stieß dort einen Riegel zurück und öffnete die Türe, ließ mit böser Galanterie die Dirne zuerst eintreten und legte den Balken vor.

»Déshabiller!«, sagte er kurz und, als sie nicht zu verstehen schien: »Ausziehen!«, wobei seine Peitsche ihren Rocksaum unverschämt aufhob. Es war glühendheiß in dem dämmernden Raum, der nach Leder, verschweißten Soldatenwämsen und Pferdeleibern roch; die Nachmittagssonne stach grell und schräg durch hohe Fensterluken; ein paar Tiere wandten die Köpfe her und knirschten dann gleichmütig wieder den Hafer zwischen weichen, flockenden Lippen ...

»Vite! Vite!« Er kreuzte die Arme samt der Peitsche über dem Waffenrock und sah ihr mit kalten Augen zu, wie sie lockend und leis aus den Schuhen trat, sehr schöne Füße entblößte, die Bluse verführerisch öffnete und makellose Schultern zwischen fallenden Trägern vorschob. Nun zögerte sie, schien zu warten und gurrte in der Kehle, wobei sie das Kinn auf den Halsansatz legte, hob dann nach einigen Atemzügen erstaunt den Kopf in die Höhe und bemerkte, dass der Leutnant ganz unbeweglich verharrte und mit den Fingern der linken Hand am Ellenbogen spielte. Blitzschnell erfasste die Dirne, worum hier gewürfelt wurde; sah, dass der Ausgang verschlossen und kein Entweichen mehr möglich war; zerrte zornig den Rock herunter, ließ Spitzenbänder zur Erde gleiten, durchbrochene Leinentücher und ein paar seidene Hemden, die oben mit blassen Röschen bestickt und einkräuselt waren, und stand endlich auf hohen Schenkeln nackt über dem Diebesgut.

Der Offizier schob, wie angeekelt, mit dem Schuh die laue Wäsche zurück, riss ein Notizbuch hervor und fragte dienstlich:

»Ihr Name?«

»Alma – «

»Sehr passend ...«, er schrieb es auf. »Und die Wohnung?«

»Das Lagerbordell.«

Auch dies notierte er, unterstrich, verwahrte das Büchlein wieder und trat dann mit wippender Gerte dicht an die Hure heran, die ihm hasserfüllt, aber gierig und glühend, entgegensah. »C'est ça – –« er fasste sie hart bei den Schultern, und während sie wie eine Katze sich wütend an ihn drängte, griff er Stricke von einem Mauerhaken und fesselte ihre Arme, verschnürte sie über dem Kreuz der Frau und warf die verzweifelt Kämpfende auf einen Pferderücken. Der Rappe ging erschrocken und freudig nach hinten hoch und fing plötzlich zu wiehern an; noch andere Pferde: Füchse und Schecken, fielen laut in das Gelächter des ersten Tieres ein, und während der aufgestörte und kettenklirrende Stall von den tierischen Lauten dröhnte, band der Mann das enttäuschte Liebchen fest auf dem Reitpferd an, zog einige Mal seine Peitsche leicht über ihre Beine und ging pfeifend wieder hinaus.

Kurz danach kamen Pferdeknechte mit Eimern, Bürsten und Striegeln, vernahmen das Wimmern des Mädchens und wollten in ihrem Leben keinem besseren Witz begegnet sein; sie glaubten sich der Gelegenheit, welche Diebe macht, wie es heißt, schuldig und büßten nach Kräften die eigene Lust und das Verbrechen der Dirne; riefen rasch noch andere Kameraden und einige Marokkaner, welche draußen gelangweilt zu flöten begannen, mit losen Gebärden herein und trieben es bis zum Abend so arg, dass ihnen die Dirne wie leblos, starr in den Händen verblieb. Nun wurden sie dennoch von Furcht erfasst – und ob man auch Hurenfleisch nicht in den Listen führen und kaum vermissen mochte, ratschlagten sie, was zu tun sei und wickelten endlich das Mädchen in eine Pferdedecke; sie schütteten Mist auf den Karren, warfen Schippe, Besen, Lappen, zuletzt die Dirne hinein und fuhren sie nach dem Bordell.

Kaum zwanzig Stunden später lief ein dunkelhaariges Kind, ein Knabe von etwa fünf Jahren, rasch durch die Lagerstraßen, hielt einen Pack Zettel in Händen und gab jedem, dem es begegnete, mit unschuldig schelmischen Augen einen derselben ab: die Einladung zu dem Abschiedsfest der liederlichen Mädchen, das trotz jenes schlimmen Vorfalls am Abend des nämlichen Tages begangen werden sollte.

Dieses Kind war allen Menschen auf dem Lager wohlbekannt, obgleich niemand hätte sagen können, woher es kam, wohin es gehörte und wo es zur Zeit sein Bett und seinen Teller hatte. In dem erschütterten Zelt der kriegerischen Epoche von einem Soldaten erzeugt, geboren von einer Namenlosen, die es abwarf und weiterging, gehörte es allen gleicherweise und wiederum keinem an; bald wartete seiner die Kaufmannsfrau, ein stattliches Marketenderweib auf dem Wirtschaftsteil des Lagers – bald eine Schauspielertruppe, die dort ständig zu Gaste war und den Knaben in kleineren Rollen: als wandelndes Alibi martialischer Liebesstunden, als Fundevogel und Herzensdieb auf ihrer Bühne beschäftigte, wobei er sich sehr geschickt und mit besonderer Freude in artiger Verkleidung, verwandelt oder verwechselt, zeigte und hin und wieder auch ein Couplet in französischer Sprache zum Besten gab. Doch war er, was er auch sehen und ahnungslos vortragen mochte, ein völliges Kind geblieben, das in den verworfensten Frauen ein zartes Gefühl erregte und die männliche Rohheit des Militärs unwissentlich bändigte. Die Soldaten zogen ihn an sich, beschenkten oder beschäftigten ihn mit leichten Botengängen; sie fütterten ihn mit Apfelkraut, mit Johannisbrot, Zuckerstückchen und schnitzten ihm Bolzen, lehrten ihn schießen, ergänzten seinen Besitzstand durch eine Patronentasche.

So wurde er auch heute hier und dort aufgehalten, an den Locken gezupft oder scherzhaft bedroht – und weil er es war, welcher einlud und gleichsam den Türhüter machte, versprachen manche zu kommen, die ohne ihn ferngeblieben oder stutzig geworden wären ... Der Knabe lief munter und furchtlos, wie er gewöhnt war, weiter; kroch zwischen Pferdebeinen und unter hohen Wagen, zwischen Bettstellen, die man schon ausgeräumt hatte, und über Matratzen hinweg; kam an Bajonetten, Maschinengewehren und Munitionskisten ebenso wohl wie an Wachsoldaten vorüber; sprang mutwillig über den Fahnenstock einer sorgfältig eingerollten, auf dem Boden liegenden Trikolore und hüpfte, den Refrain eines marokkanischen Liedchens unermüdlich wiederholend, zum Offizierskasino, das, von schönen Platanen umgeben, auf einem Hügel ruhte.

Ob die verderbliche Zeit der wechselnden Besatzung oder erst der eilige Aufbruch das Gebäude entstellt und verwahrlost hatte, kann nicht entschieden werden – doch machte es, wiewohl Speisegeruch und Grammofonmusik aus seinen Fenstern drangen, einen merkwürdig toten Eindruck und schien einem Leichnam ähnlich, der nur noch von Ungeziefer belebt und von dem bröckelnden Einsturz seiner Teile bewegt werden mag. Ein Bursche schüttete klatschend einen Eimer gegen die Hauswand, und Abfälle, halb schon vergoren, rannen, übel riechend, herunter; an dem gewittrigen Himmel kreiste mit stechfliegenhaftem Summen sehr hoch ein französisches Flugzeug, dessen Tragflächen ab und zu blitzten.

Der Kleine rannte den Hügel hinauf und hinter jenes Gebäude, erkletterte geschickt die hölzerne Balustrade, die es zu ebener Erde umgab, und trabte die Bohlen entlang, welche zitternd unter ihm dröhnten. An einem geöffneten Fenster blieb er stehen, hob sich ängstlich auf seine Zehenspitzen und warf die übrigen Zettel in das Gesellschaftszimmer, dessen angerauchte Gardinen, hinter welchen das Grammofon verstummt und eine trällernde Stimme entfernt zu hören war, schlaff in der Sonnenglut hingen. Von dem Wurf durcheinandergetrieben, entflatterten einige Blätter und fielen außen herunter. Der Knabe bückte sich eifrig und sammelte sie wieder, als ihm plötzlich eine feste

Hand in seine Haare griff, und der Leutnant ihn emporzog. Das Kind schrie erschrocken, doch unterdrückt wie einer, der nicht geben, sondern nehmen wollte, auf; überwand seine Furcht und lächelte süß mit feuchten Beerenaugen dem schönen Menschen zu.

Von einer leisen Erinnerung wollüstig angerührt, hob ihm der Offizier das runde Kinn in die Höhe und fragte, indessen Ahnung und fürchterlicher Triumph sich wunderlich in ihm vermählten, wer es hierhergeschickt habe?

»Alma –« Der Knabe gab schüchtern einen der Zettel ab, den der Leutnant, zwei Finger am Bärtchen, aufmerksam durchlas, zusammenknüllte und über die Brüstung warf.

»Eh bien, mein kleiner Amor«, sprach er dann gut gelaunt, »sage Alma, ich werde kommen … vielmehr –« Er nahm ein anderes Blatt und während er daran dachte, dass er morgen über Mainz, Saarbrücken, Metz, nach Paris zu seiner Gattin, Marie-Geneviève, zurückkehren würde, schrieb er darauf: »Peut-être!«

»Diesen Zettel gibst du ihr ab.« Er faltete ihn flüchtig und ließ den Knaben laufen.

Der Abend kam wie immer mit Hornsignalen und Flöten; doch ebenso wenig wie er das Gras und die Baracken kühlte, vermochten jene die Lagerordnung nach außen herzustellen. Von Abschiedsfiebern geschüttelt, in den Nüstern Geruch der Freiheit und hellen Eisenbahnwind, war schon die Mannschaft der Ruhe entwöhnt, der Zucht und Unterwerfung schon überdrüssig geworden: Unregelmäßigkeit, Lockerung der scharf gespannten Befehle und kleine Übergriffe auf Recht und Eigentum anderer begannen sich auszubreiten; die Offiziere waren geneigt, bald jähe aufzubrausen, bald ebenso unvermittelt und sinnlos nachzugeben, die Gemeinen aber, sich prahlerisch und herrisch zu gebärden, sodass die erwartete Grenzüberschreitung bereits im eigenen Lager so gut wie vollzogen war. Nicht wenig trug auch der Zustand der rohen Kasernenzimmer, die jeder Wohnlichkeit aufs Traurigste entblößt oder angefüllt mit aufeinandergetürmten, zerfallenden Möbeln waren, zu diesem Wechsel bei: Man nächtigte im Freien, kampierte zwischen Gewehren und hoch bepackten Tornistern und war nur noch Gast in dem Lande, das man vorher befehligt hatte. Was konnte daher willkommener sein, als die Einladung in das Bordell, wo jeder Soldat sich zum letzten Mal als Sieger fühlen durfte – und ob auch wohl dieser und jener das Ganze bei Tag als Scherz betrachtet und kaum erwogen hatte, war nun in der Dämmerung keiner, der sich entziehen mochte ...

Das öffentliche Haus war ein früheres Lagerhotel mit ein paar Dutzend Räumen und hatte im Erdgeschoss einen Saal, die Küche und Vorratskammern; im ersten Stock eine Galerie, welche außen an der Hauswand den Zimmern der Mädchen vorüberlief und des Abends von dem Gezwitscher, dem Locken, Pfeifen und Girren der bunten Vögel erfüllt war, die es dicht gedrängt besetzten. Weil vor einigen Wochen das alte Weib, das den Dirnen die Wirtschaft geführt und ihre Garderobe instand gehalten hatte, von ihnen aufgekündigt und gehen geheißen wurde, war schon lange das Sälchen zugeschlossen, die Küche mit Töpfen und Pfannen, in welchen die Überreste der letzten Speisen verdarben, sich selber überlassen, wogegen die oberen Zimmer dazu erkoren wurden, den Umkreis aller Bedürfnisse schlecht und recht einzuschließen: Man kochte auf Spiritus, plättete rasch mit qualmendem Holzkohleneisen und hielt Katzenwäsche in Schüsseln, die später den Abhub der Liebesstunde oder Sträuße aufzunehmen bestimmt und am Rande zerstoßen waren.

Dabei ergab es sich ganz von selbst, dass einer aus ihnen die Herrschaft: Verwaltung ihrer Güter und Wahrung ihrer Rechte, der ungeschriebnen Gesetze und Regeln dieses Gewerbes, von den anderen übertragen wurde, wofür ihnen Alma versprechen musste – denn jene war es und war wie keine durch Kraft und Klugheit dazu bestimmt – sich selbst von den Männern zurückzuhalten, um der gemeinsamen Kasse mit größerer Freiheit zu dienen, das Geld ohne Eigennutz auszuteilen und zürnend vorzutreten, wenn einer, wie es jetzt häufig geschah, sich, ohne die Rechnung beglichen zu haben, auf und davon machen wollte. Auch mochte es diesen Mädchen, deren Ziel gemeinhin das ehrbare Bett einer Bürgersfrau ist, behagen, ihre traurige Zunft geordnet zu wissen, sich in der Stärksten erhöht zu fühlen und, weil jene lassen durfte, was ihnen das Dasein fristete, einen Rest von Freiheit und Menschenwürde zurückerhalten zu haben. Sie unterwarfen sich willig und ließen Alma schalten; ja, diese zänkischen Tauben, die sonst um das Körnerfutter des Tagesverdienstes gerauft und sich um Strumpfhalter, Puderquasten und Zigaretten gestritten hatten, dass die Federn im Winde flogen, brachten dieses und jenes herbei, um ihre Herrin zu putzen; sie waren närrisch, zugleich eine Puppe und einen Fetisch zu haben, dem ihre dumpfen Gefühle insgeheim opfern durften – und weil sich alle in einer gesteigert wiederfanden und diese in allen dem eigenen Bild wie an geneigten Spiegeln täglich vorüberging, mussten ebenso wohl die Mädchen jede Kränkung, die Alma treffen würde, als ihnen zugefügt halten, wie Alma sich allmählich der Niedrigkeit entwöhnen und an ihr wahres Wesen verhängnisvoll erinnern, es ungestört in sich befestigen und ihm endlich nicht mehr entrinnen konnte. Denn während die anderen Weiber nach Hurenart faul und fühllos nur nach der Banknote schielten, die schon auf der Tischkante lag, noch ehe begonnen wurde, und diesem Gewerbe ergeben waren, weil sie kein anderes rascher und müheloser nährte, war jene aus tieferem Schicksal: der Raserei des Blutes und einer Neugier der Sinne, die sich nicht sättigen konnte, in den Abgrund ihrer Natur und dieser Zeit gesprungen.

Indem aber nun die Gewohnheit, sich selber in kleiner Münze an alle auszuzahlen, von Alma fortging und nichtig wurde, gewannen diese Kräfte ihre Größe und Wildheit wieder; ihre Triebe begannen auszuwuchern, weil nicht die tägliche Heckenschere sie bis zum Ansatz hinunterschnitt, und bogen sich seltsam um: Sie zog, als die Schauspielertruppe den Ort überstürzt verlassen hatte – es wurde derselben Diebstahl und Schlimmeres vorgeworfen – das verlassene Lagerkind ungestüm und leidenschaftlich an sich; sie nannte es ihr Söhnchen und liebte zugleich den Mann in ihm, dem sie niemals begegnet war; ja, um es deutlich zu sagen: Sie küsste den Kuss, sie herzte das Herz und liebte die Liebe in ihm. So konnte es freilich nicht wundernehmen, dass sie die Zukunft des Knaben mehr als die eigne bedachte, und weil sie wohl wusste, dass sie als Hure keine Rechte beanspruchen durfte, auch seinen Besitz in die Himmel des eigenen Wesens hinaufgesteigert und schon verzichtet hatte, so lauerte sie auf Gelegenheit, ihn in ein warmes Nest, wie der Kuckuck sein Ei, zu legen; sie hielt ihn sehr ordentlich, kleidete ihn nach französischer Kinder Art und übte die fremde Sprache mit ihm, so gut sie es vermochte: Er musste täglich den kleinen Schatz an Vokabeln und Liedchen erneuern – ein Schatz, der ihrem Schätzchen, wie Alma dachte, noch Zinsen bringen und den Knaben bereichern würde.

Nicht zuletzt seinetwegen war auch das Bordellfest geplant, das die Soldaten ausplündern sollte, und dem Kleinen dazu eine Rolle sorgfältig eingeübt worden; doch weil das obere Stockwerk des Hauses der schwärenden Fantasie, der Laune, den Vorstellungskräften, die sich plötzlich entzündet hatten, nicht Raum genug bieten wollte, hatten

Alma und ihre Mädchen das Erdgeschoss wieder geöffnet und den Saal in ein Feenreich üppiger Wünsche: in einen Hörselberg, einen Parnass und eine Kantine verwandelt ...

Die ersten Abendgäste waren Männer einer Streife, die an der Wache vorüberkamen, sie auspfiffen, Arm in Arm die Barackenwege durchwanderten und mit weithin schallender Stimme die Marseillaise begannen. Sie trafen an der Ecke eines Straßenzugs drei Kameraden, welche eben ein volles Branntweinfässchen der Mühe, verladen zu werden, keck überheben wollten; griffen Fässchen und Kameraden auf und rollten einträchtig weiter. Da und dort brannten Lagerfeuer, in denen Pferdestroh, Seegras, Tapetenrollen qualmten, behütet von einem Soldaten, der, Gewehr bei Fuß, in den Himmel starrte, und auf den Bordschwellen offener Räume, welche innen von großen Karbidlaternen kalkig erleuchtet waren, ward unermüdlich gewürfelt, gekartet und Dame gespielt. Ein paar Scheinwerfer gingen den Umkreis des aufgeregten Platzes lautlos und huschend wie Ratten ab; auch wurden die letzten Befehle in aller Eile vollzogen – Blindgänger gehäuft und ausgesprengt, Entfernungsmesser geneigt und in das Lager geschoben; der Fesselballon auf dem Schießplatz wurde rasch und für immer herabgelassen, sein Eisengerüste verödet.

Den Männern mit ihrem Fässchen begegnete Zuruf, Gelächter und Beifall, wohin sie kamen. Sergeanten und Offiziere, die vom Verwaltungsgebäude her die Straßen abgaloppierten, mochten jetzt nicht die letzten Späße der Mannschaft unterbinden; ja, weil sie merkten, dass ihren Leuten der Kamm geschwollen war und das Blut – wie einst in dem Tacktack der flinken Maschinengewehre – nun in den Fingerknöcheln, dem Aufschlag der beinernen Würfel und der unruhigen Fersen klopfte, beschlossen sie, ihre Truppe gehörig zur Ader zu lassen und sie mitten im Frieden den Weg des Fleisches, richtig verstanden, zu schicken: Sie gaben allen, mit Ausnahme jener, die zu besonderem Dienst kommandiert und daher abgelenkt waren, Erlaubnis, das Bordellfest bis zum Morgenappell zu besuchen, trieben selber unter He und Hallo das Fässchen über die Lagergrenze und nach dem Freudenhaus zu, das außerhalb der Kasernenfläche auf neutralem Gebiete lag und ihnen geheimnisvoll: ampelhell und versprechlich, entgegenglänzte.

Indem sie wendeten, kamen die Scharen der übrigen Männer nach. Marschfertig, den Stahlhelm im Nacken, und bepackt mit Tornistern und Decken, um ihre martialischen Räusche bis zur letzten Minute auszukosten und schon gerüstet zu sein, wenn die Clairons-Signale sie nach der Kaserne riefen, gewährten sie den Anblick von Truppen, welche zu Felde ziehen oder bestenfalls den von Nachtschmetterlingen, die sich plump und mit maskenhaftem Gesicht in den Schoß der Liebe begeben. Da also nicht die Männer allein, sondern mit ihnen Berge von Heeresgut zu den lustigen Mädchen zogen, fiel es dem Leutnant, der an der Spitze der Kavalkade ritt, nicht schwer, den Entschluss dieses Morgens auch dienstlich zu begründen. Noch im Sattel sitzend, erbot er sich das Amorettenheer trunkener Krieger am Gängelbande zu führen; er sprang von dem Braunen, gab ihn den andern nach kurzer Verständigung mit und schlenderte als Letzter auf das erleuchtete Freudenhaus zu, hinter welchem die Lücken der Kiefernwälder nächtlich zusammenschmolzen.

Als er sich näherte, wurde ihm deutlich, dass das Fest schon in vollem Gange war. Aus der geöffneten Tür, die sich ständig bewegte, drang Kreischen, geschminktes Licht und Gelächter; Männer, im Umriss verwildert, beschlugen die Hauswand, bogen sich tiefer und taumelten wieder hinein; verdorbene Plattenmusik schrie gepeinigt das abgetakelte Lied der unterirdischen Wonnen, riss ab, wurde angeleiert und mischte sich mit dem Gesang der heiseren Menschenstimmen. Eine tierische Lust kam den Leutnant an, auf allen vieren zu kriechen. Geduckt stahl er sich näher, sah durch die helle Spalte der rötlichen Sammetportieren, die das Saalfenster undicht verschlossen, und fühlte förmlich das klebrige Licht an den schmutzigen Troddeln des Vorhanges, wie Geschlechtsstaub an hängenden Kätzchen, langsam herunterrinnen. Empfindung verdunkelter Jugendtage, ein Rausch von Frühlingen, wenn sie mit Föhnen und fauligen Düften aus Schenken, aus Schlachthöfen, Glashäusern, Kellern die Jahreszeiten verwechseln und Knaben zu Männern, Männer zu Knaben machen, überfiel den Soldaten am Fenster; wie einer, welcher zum ersten Mal ein Freudenhaus aufsuchen will, erwartete er den Augenblick, wo niemand ihn wahrnehmen könnte; drückte rasch, als der Lärm in dem Saal aufs Höchste gestiegen war, die leichte Klinke herunter und stand in dem Ablegeraum.

Derselbe war kurz und gedrungen wie der Hals, der in den Dudelsack führt; von einer Laterne aus buntem Glas schemenhaft stille erleuchtet, wies er Spiegel auf, die mit Rehgehörne, gekreuzten Flinten, Fasanen und Auerhähnen umgeben waren, als ob hier ein Jagdschlösschen wäre, und was sich mühelos einfangen ließ, erst zur Strecke gebracht werden müsse. Eine Treppe führte hinauf zu den Einzelzimmern der Mädchen; sie war gewunden, und weil der Leutnant bereits begonnen hatte, auf krummen Wegen zu wandeln, schlich er dieselbe empor.

Nun befand er sich in dem schmalen Flur, der, bedeckt mit schäbigen Läufern, die sich verschoben hatten, die Reihe der oberen Räume in traumhafter Länge durchlief. Da diese Zimmer zu beiden Seiten und nach der Holzgalerie, die mit Lampionen besteckt war, bedenkenlos offen standen, war es weder so dunkel, noch auch so still, wie er erwartet hatte. Aus der Tiefe brauste Gesang empor: ein Rondell, das, in der Provence geboren, von dem glühenden Mistral der Ruhmsucht hierher verweht worden war: »Wir gehn nicht mehr zu Walde, der Lorbeer ist geschnitten, der Lorbeer ist geschnitten – *nous n'irons plus au bois, les lauriers sont coupés, la belle, que voilà, la Lairons nous danser?*«

Ein Chor von weiblichen Stimmen, grell, überschrien und lockend, erwiderte den Refrain: »*Entrez dans la danse, voyez comme on danse, sautez, dansez, embrassez, qui vous voudrez!*« – »*Les lauriers sont coupés*« wiederholte der Leutnant, schaudernd vor angenehmer Erwartung, und ging mit dem Rundgesang weiter ...

Die Zimmer lagen öde und offen wie Puppenschalen, die soeben von glänzenden Faltern eilig verlassen wurden: Aus klaffenden Reisekoffern quoll Wäsche, hingen Bänder, langten geisterhaft leere Ärmel in den verlassenen Raum. Auf der Wasserfläche der Schüsseln schwamm hier eine Bürste, dort eine Locke, die abgesengt worden war; ein künstlicher Rosenstrauß stand an der Erde und duftete, mit Parfüm bespritzt, wie der Busen einer verblühten, eroberungssüchtigen Frau ... Genießerisch fühlte der Offizier in das Geheimnis der Huren. Er rührte mit seinem schmalen Fuß einen Stöckelschuh unter dem Tisch, mit dem Knie ein seidenes Strumpfband an und fragte lauernd: »Madame –?«; hob, seine Handschuhe überstreifend, einen Vorhang, eine Daunendecke, ein gebläftes Taschentuch auf, durchwanderte alle Räume und fand, so verschieden sie waren, die eigene Lust bestätigt; er frönte der Unzucht in kalten Feuern und sättigte sich an der Beute seiner räuberisch weidenden Sinne. Im Begriff, wieder umzukehren, stieß er an eine Kanne, erschrak und hatte das dumpfe Gefühl, in einer Falle zu sein. Nun suchte er die Treppe, vergaß jedoch, dass er sich jetzt an der Rückwand des Hauses befinden musste und irrte der Verbindungstüre, mit Blindheit geschlagen, vorüber. Er kam zurück in die Zimmer, die er eben geschändet hatte, überlegte, hörte ein Rauschen, das ihm im Rücken war, und wendete sich übertrieben laut, mit hellem Gelächter, um –

»*Bon soir, monsieur!*« Eine große Frau in falschem Hermelin, Strassdiadem in den Haaren, an den Füßen sehr hohe, geschnürte, amaranthfarben spiegelnde Schuhe, stand dicht vor dem Offizier.

Der Ertappte, den seine Schritte verraten haben mussten, suchte rasch das Klügste aus dieser Lage und ihrer Bedeutung zu machen, bot also der Dirne den Arm und ließ sich von ihr, als sei er es, der sie gesucht und gefunden habe, zur Treppe hingeleiten. An dem Geländer verharrten sie beide und lauschten in den Saal. Der Rundgesang wollte nicht enden und schwoll, da die Türe geöffnet und wieder zugeworfen, bestürmt und verhalten wurde, bald lauter, bald leiser, jetzt aus der Helle, jetzt aus dem Dunkel, untermischt mit Stampfen, empor: »*Entrez dans la danse, voyez comme on danse! Sautez, dansez, embrassez, qui vous voudrez!*« Der Offizier, schon benebelt von dem Ansturm der männlichen Stimmen und eingelullt von der Wärme des Weibes an seinem Arm, drängte übermütig die Dirne zurück und auf das Geländer zu, griff siegessicher nach ihren Schultern, die sich, vom Haupte beschwert, in Abwehr nach hinten bogen, und fiel sie besinnungslos an. Ihre Brüste stiegen hinauf, er fühlte die festen Rippen sich über dem Gewölbe wie harte Bogen spannen und schob den Ausschnitt des Kleides fort, als er plötzlich Striemen und Wunden wahrnahm, die kaum verharscht sein mochten. Der Offizier fuhr betroffen empor; das Mädchen hob wieder die Stirne und blickte ihn, wie ihm dünkte, mit unbestimmbarem Ausdruck, weder böse, noch freundlich an.

»Ich heiße Alma«, sagte sie dann, »und möchte hinuntergehen.«

»Pardon –«, er gab ihr den Weg frei, als sei dies der Wunsch einer Dame, der respektiert werden müsse, und sah, indem sie voranschritt, verwirrt auf ihren Nacken, über welchem das Haar, medusenhaft lockig, in feurigen Wirbeln anstieg, und mit gespaltenen Spitzen von dem Lufthauch zu züngeln schien.

Unten angelangt, wandte sich Alma um, nahm wieder den Arm des Mannes und betrat mit ihrem Begleiter den aufgerissenen Saal. Eine Brandung von tobenden Stimmen, Glanz, Glut und Menschenleibern nahm sie auf ihren Rücken und warf sie mit Gewalt in die Mitte der Feerie. Wie ein Kahn, in welchen der Fährmann, die Ruder ergreifend, gesprungen ist, schwankte plötzlich das Fest an den Rändern, geführt und gefesselt, empor: Salutierend erhob sich die Mannschaft und stieß

Tische und Stühle um, Papiergirlanden rauschten, ein leerer, saugender Trichter entstand in dem kreisenden Raum … Doch im nächsten Augenblick wirbelten schon die freundlichen Mädchen hinzu, umschlangen den Leutnant, kitzelten ihn mit großen Pfauenfedern, entführten ihn Alma und stritten darum, wer ihm die Wunder des Saales erklären und zeigen dürfe. Die man sonst nur in Morgenröcken, gemeiner Unterwäsche und der eigenen Haut erblickte, waren üppig und reich kostümiert: Da nämlich die Schauspielertruppe ihre Habe zurücklassen musste, hatten Kleider, Kulissen, Prospekte in der Hoffnung auf bessere Zeiten in dem Freudenhaus Unterkunft und neue Verwendung gefunden – eine fette Kreolin, Olga gerufen, ging heute im Flügelkleide und trug ein kindisch geblümtes, kniefreies Hängerchen, unter welchem zwei Hosenbeine, die auf der Wade mit Bändchen verziert und fürchterlich enge waren, wie alkyonische Fittiche niederhingen; Lydia, ein dürres Mädchen mit stechenden Sackbrüsten, war in ein weißes, antikes Musengewand, das sie sehr hoch gegürtet und aufgeschirrt hatte, gekleidet; weil aber die nüchterne Strenge dieses Anzugs ihrem zarten und schwärmerischen Wesen nicht zu genügen schien, hatten überall in den Falten Vergissmeinnichtsträußchen Platz genommen, die neckisch bei jedem Schritt aus ihren Kniekehlen äugelten – wogegen Appolonia, die man ortsüblich Appelchen nannte, ihre mächtigen Kuhdirnenformen in Jägerhosen gezwungen und über dem stupsnäsig flachen Gesicht ein Sichelmöndchen befestigt hatte, während Magda, ein steifer Stecken mit säulenförmigen Beinen, die an den Knöcheln verdickt und eingeknotet waren, eine liebliche Schäferin machte, Jula, die Riesin, ein Rokokodämchen, und die Schar der übrigen Mädchen in die silbrigen Flitterkostüme eines Elfenballetts geschlüpft war, Libellenflügel und Fühler trug und dazu auserwählt schien, die Soldaten betrunken zu machen und, wenn sich einer spröde oder unwillig zeigen sollte, denselben auf Ruhebetten zu ziehen, die man heruntergeschafft und an den Wänden, hinter Prospekten, in den Nebengelassen aufgestellt hatte …

Diese schauerlichen Grazien bemächtigten sich also des jungen Offiziers und führten ihn in die Gebüsche, die Versprechungen, Träume und Lügen von Kulissenwegen hinein, teilweise schon zerstörten und rissigen Leinwandstücken, die einst von der Schauspielertruppe laut oder leise erworben: Schießbuden abgebettelt und Karussellbesitzern gestohlen worden waren. Nun hatten sie die Mädchen nach gefühlvoller

Huren Art zu Lebensläufen vereinigt und Innenräume mit Marmorkaminen, in welchen süßliche Flammen ihre himbeerfarbenen Leiber krümmten, an Parke mit Pinien, Zypressen und starkblauen Teichen angrenzen lassen, auf denen Schwäne schwammen, die von der Nymphe des Haines ängstlich gefüttert wurden – kurz, Leda wandelte in göttlicher Verwirrung aus Landhäusern über Eisbärenfelle in die Gärten der Semiramis und jene wieder zum Schanktisch und der Kredenz hinüber, welche rechts von der blonden Erscheinung einer Liebesgöttin mit hohem Leib, links von bebänderten Vögeln, die einen Wagen zogen, den kleine Eroten lenkten, flankiert und durch grelle Blumengirlanden besonders ausgezeichnet, ja, zum Altar erhoben und von den Soldaten belagert wurde. Hier schenkte Alma den bunten Likör, Niersteiner, Oppenheimer und milde Liebfrauenmilch aus oder füllte die bauchige Flasche im Nickeleimer nach, mit welcher das Lagerkind, unermüdlich »Aquavit!« rufend, durch die Kulissen ging.

Noch waren die meisten Männer ihrer Sinne mächtig, und weil die Mädchen sich vorsichtig verhielten – abwartend, reizend, doch nicht mit sich, sondern mit dem versprechlichen Scheine – hatten Küsse, Umarmungen, Scherze erst die Bedeutung von Heeresgeplänkel, das den Gegner herausfordern, ihm seine Schwächen und Vorbereitungen ablisten will und die Grenze bloß überschreitet, um einen Anlass zu haben. Dazu kam, dass die Soldaten sich als Gäste empfinden durften, weil ihnen nichts abgefordert, ja jeder von ihnen ermuntert wurde, nur kräftig dem Alkohol zuzusprechen – Gelegenheit also, die trunken machte und auch ernüchterte, in den Soldaten Gefühle des Misstrauens wie der Begierde gleichzeitig wecken musste und dazu angelegt war, sie vollends zu verwirren. Was sollten sie glauben? Wem danken? Wo ihre Wünsche lassen? Allmählich aber begriffen sie, dass nur die Attrappe der Wollust mit diesem Feste gemeint war, und da sie lange genug in dem besetzten Gebiet die Attrappe des Krieges kennengelernt und in Stellvertretung desselben geübt und geschossen hatten, fiel es der aufgepeitschten, verwilderten Fantasie nicht schwer, sich an Bildern aus Leinwand und Pappe, an labyrinthischen Gängen und dem Anblick verkleideter Huren zu erhitzen, zu steigern, zu sättigen und beides zusammen: Wollust und Krieg, ineinander verschränkt zu genießen.

Sie begannen, der schlummernden Grausamkeit ihrer lockeren Lenden nachzugeben, den Listen ihres Blutes und dem herrischen Hochmut des Hauptes: sprangen Arm in Arm auf die Ruhebetten und rissen, indem sie den Schunkelwalzer der männlichen Eintracht brüllten, mit ihren Stiefeln den schlechten Bezug der Rosshaarmatratzen herunter, ermüdeten die Spiralen und trieben es, angefeuert von Olga, der Kaffeebohne, die wie ein angeschlagener Ball vor ihnen auf- und niederhopste, so lange, bis das Metall zerbrochen und die Füllung herausgeschäumt war; dann legten sie Bajonette an und stießen in das Weiche, wozu die Mädchen mit spitzen Schreien ein Hündchen, ein Kätzchen, ein Meerschwein machten, das von dem Eisen getroffen sein sollte, und sich jaulend am Boden wanden. Nun erhielten die gleichnishaften und fürchterlichen Spiele olympische Deutlichkeit: Man warf mit Messern und Dolchen nach der Kulissengöttin, der Nymphe, den flaumigen Schwänen und verwundete Götter und Tiere, wo sie den Menschen ähnlich und von alters her zugewandt sind, setzte Preise aus für den Sieger und stieß den entkorkten Hals einer Weinflasche durch die Öffnung, an deren anderem Ende sich der Mund des Schützen befand ... Die Leinwandstücke erzitterten und rissen allmählich entzwei. Wie in beschossenen Schlössern sank der Kamin zusammen; auf den Parkwegen wilderte hier und dort eine fremdartig glänzende Klinge – –

Bald aber genügte auch dieses nicht mehr. Auf der Suche nach anderen Zielen, erkor man die blitzende Batterie der wackeren Liköre; man schleifte die Kulissen und türmte Barrikaden, setzte Tische und Stühle darüber, hoch oben die runden Bäuche der Alkoholflaschen darauf, und während die Soldaten mit Billardkugeln und Murmeln, die ihnen das Lagerkind reichte, die Flaschenfestung zu stürmen suchten, fingen drüben die Mädchen in Schmetterlingsnetzen, Requisiten des Elfenballetts, die Wurfgeschosse ab; liefen vor und bedeckten die Häupter der Männer mit dem feinen Maschengewebe ... Gekitzelt, versuchte die Horde, sich aus der Umstrickung zu lösen – doch gaben die hurtigen Jägerinnen ihrer Beute geschmeidig nach; sie sprangen bald vorwärts, bald wieder zurück, und was am leichtesten zu zerstören und aufzuheben gewesen wäre, wurde Fessel wie Eisen und Stahl. Von den zärtesten Reizen verwundet, geblendet und verschleiert von dem Gitter, das ihnen zwar nicht die Luft, wohl aber die Übersicht nahm, gerieten die Soldaten in den betäubten Zustand von Menschen, die unter Rosenbüschen in Schlaf gesunken sind. Dazu kam, dass plötzlich das Grammofon einen gleitenden Tango spielte und alle sich in den

Netzen langsam zu drehen begannen, ohne Partner in ihrer Begierde und dem Feuer der Hüften gefangen, das ihnen zu Kopfe stieg.

In diesem Augenblick löschte Alma die Lichter in dem Saal; das Lagerkind stieß die Tür zu einem Nebenraum auf und scheuchte eine Schar Hühner unter Händeklatschen herein … Die Musik tönte weiter, vermischt mit dem Gackern und Flügelschlagen der Tiere, dem jähen Juchzen der Mädchen und dem Brüllen der hitzigen Männer, die mit täppischen Händen die Vögel zu greifen und das flatternde, schreiende, warme und aufgeregte Volk in den Schenkeln zu pressen suchten. Die Barrikaden polterten, Flaschen und Gläser klirrten, auf der Höhe des Trümmerhaufens schrie die helle, durchdringende Stimme des Offiziers nach Licht. Nichts antwortete ihm als das Stöhnen der überfallenen Männer, die Entsetzensschreie der Hühner und das gurrende Flüstern, Gelächter und unterdrückte Gemurmel der hoch belustigten Huren. Als ob er von Franktireuren umstellt und schon verloren wäre, gab der Leutnant in panischem Schrecken einen Schuss in die Decke ab, dann wieder und wieder einen; er hörte sich rufen, Befehle schmettern, den Einschlag der Schüsse prallen und Brocken niederrieseln, schrie lauter, johlte und jauchzte mit dem Johlen seiner Soldaten und hielt geblendet inne, als das Licht sich wieder erhob. Eine furchtbar veränderte Szenerie bot sich den Augen dar: Die Männer knieten am Boden, zerrissene Flügel, zuckende Tiere, zerbrochene Flaschen umklammernd, erschöpft, von Schweiß überronnen, einer lauen Ermattung hingegeben oder ächzend in den Schoß der weiblichen Masken gesunken, die sie über dem Falternetz küssten.

Auf dem Schanktisch stand Alma in hohen Schuhen und hielt jetzt mit beiden Händen eine rosafarbene Traube aus Luftballonen empor.

Der Offizier, noch taumelnd, obwohl er trotz einiger Schnäpse vollkommen nüchtern war, sah sich auf gleicher Höhe der Feindin gegenüber, entfärbte sich, griff mit der einen Hand nach einem Tablett mit Gläsern, die ihm das Lagerkind reichte, goss mehrere Weine zusammen, trank, hob die andere Hand mit dem Armeerevolver, und während Alma ihm unbeweglich, gelassen entgegensah, visierte er, fasste das Gleichnis der weiblichen Brüste ins Auge und schoss zwei Ballone ab. Übertriebenes Lachen und Schluchzen der Runde entgegnete ihm. Er wollte weiterschießen, doch war nichts mehr im Laufe; so reichte er die Waffe einem Soldaten hinunter, der sie aufs Neue lud. In der ungeheueren Stille war nichts als das leise Knacken des Pistolenschlosses zu hören; Alma stand unbeweglich; geheimnisvoll zitterte über ihr die angeschossene Traube … Nun fielen Brüste um Brüste, zusammenschrumpfend, nieder. Ihre Glätte verging, ihre Farbe ward Asche, ihre Fülle wich dem Gebilde einer greisenhaft kleinen Haut …

Als der letzte Ballon zerstört war, sprang die Schöne lustig vom Schanktisch herunter, befahl, eine neue Platte mit Tanzmusik aufzulegen, und während das Lagerkind überall gemischte Liköre anbot und mit kindlicher Grausamkeit die Hühner zusammenkehrte, begannen der Offizier und Alma einander zu greifen und die ersten Schritte zu gehen. Noch hielt das Mädchen den leeren Stock mit der entkörperten Traube, der Offizier den Revolver besinnungslos in der Hand, sodass sich beides, indem sie tanzten, auf der Schulter des Partners kreuzte. Auch die übrigen Männer und Mädchen ermunterten sich wieder: Sie ahmten das Beispiel des Führers, der furchtlosen Führerin nach und drehten sich, ihre Netze wie weiße Fahnen schwingend, zwischen berstenden Betten, scherbendem Glas, an zerfetzten Kulissen vorüber; sie traten auf Mörtel, in Federn und über Eisenspiralen, glitten aus und torkelten immerzu der großen Zerstörung entlang. Schon suchten die Soldaten wie Knaben, welche gefrorene Pfützen mit den Hacken einschlagen mögen, die Glasscherben zu zerknirschen oder wühlten mit ihren Stiefeln das braune Federlaub auf, welches traurig den Boden bedeckte; ermannten sich an dem Anblick der sinnlosen Verwüstung und fühlten, wie ihre Flamme sich aus den stürzenden Trümmern wie die Lust eines Pyromanen, wenn er den Brand sieht, erhob … Immer neue Musikplatten kreisten und schrien unter der Nadel, die nicht gewechselt wurde. Die Männer erhitzten sich, warfen das Koppel, die Jacke auf den Tornister; sie summten ausgelassen die fremden Schlagertexte und Melodien mit, tanzten toller, warfen die Mädchen empor und lösten den Kern der Bewegung auf, zuletzt die Bewegung selber, indem sie, auf ihrem Platz verharrend, nur noch im Becken kreisten, entblätterten Bäumen vergleichbar, die, den fegenden Herbststürmen hingegeben, mit der Fülle auch das Gesicht verlieren, ihre Wurzeln nach oben gewandt zu haben und den Kehraus des Jahres zu machen scheinen.

Nur Alma und ihr Partner, von einer unerschöpflichen Kraft, die sich am andern erneuerte, gespeist und angetrieben, bewegten sich unermüdlich, geschmeidig, fühllos, gelassen, wie auf unsterblichen Sohlen, durch die taumelnde Orgie hin. Indem sie tanzten, schob Alma bald einen Scherbenhaufen, einen Schleierfetzen, ein Taschentuch fort – bald deutete sie auf den Vorhang, dessen Stange herabgerissen, auf ein Ruhebett, welches zerbrochen war, schien schmachtend zu unterliegen, von Trauer überschattet, von Schmerz ergriffen zu werden und flüsterte leise: »Revanche?« Einen Augenblick lang verwirrte sich der junge Offizier; schien zu verstehen, griff in die Tasche und holte, die Zähne bleckend, eine Handvoll Centimes, einen schmutzigen Schein, eine fromme Medaille hervor.

»*Payer!*«, rief er dann heiter und warf sie in den Saal ...

Die Münzen klirrten; anderes Geld, von den Gemeinen geschleudert, fiel wie peitschender Regen darüber. Sofort aber stürzten die Mädchen hinzu und schickten mit witzigen Würfen das Geld in die Weingläser ihrer Gäste, in ihre Mützen zurück, die auf Polstern und Stühlen lagen; sie ließen ihnen das kalte Metall von dem Nacken aus über den Rücken und in die Ärmel gleiten, die beim Tanzen erhoben waren; bestürmten sie auszutrinken und wiesen den Bodensatz käuflicher Liebe zum ersten Male ab. Von solcher Großmut im Kugelfang ihrer männlichen Ehrbegriffe, von einer Nachsicht getroffen, die ihr Gefühl um den vollen Gewinn dieses Abends zu prellen schien, begannen die Poilus hinwieder sich prahlerisch zu wehren und mit gleicher Münze zurückzuzahlen: bedrängten die Mädchen, bewarfen sie mit dem verschmähten Gelde, sodass sich ein Kampf zu entspinnen drohte, der, ob er auch leicht geschürzt war, die Männer gefährlich reizte und eben ausarten wollte, als die Dirnen mit einem Mal alle: »Ein Pfänderspiel! Pfänderspiel!« riefen, sich befreiten, laut in die Hände klatschten und den Fortgang ihrer Kampagne von Alma erwarteten – –

An die Schulter des Offiziers gelehnt, sah diese bittend empor, hob dann die Arme, löste geschickt das Diadem aus den Haaren und warf es ihm zu Füßen. Hui, er zertrat es, sprang auf den Tisch, und der den saturnischen Hüter der Schwelle machen sollte und seine Truppen hinüber in ein anderes Zeitalter führen, hing an dem Köder des Wortes, das die Heere hereingezogen und festgehalten hatte.

»*Des gages ... des gages ...*« übersetzte er trunken, überschrie sich, brüllte den Ansturm der dankbaren Huren nieder und fiel in das fröhliche Toben der anderen Männer ein: »*Jouez au gage touché, au gage touché ... jouez au gage touché!*«

Rasch wurde die Mitte des Saales von dem gröbsten Unrat gesäubert; die Soldaten mit ihren Liebchen saßen unbekümmert am Boden und bildeten einen Kreis. »Gebt uns Pfänder!«, lachte das Lagerkind, welches hier und dort an den Gläsern genippt, den Gästen Bescheid getan hatte und auf den Füßchen schwankte. »Kleine Pfänder, hübsche Pfänder, gute Pfänder, Pfänder so viel ihr wollt!« Die Soldaten ergriffen den Knaben, sie ließen ihn über die Köpfe wie einen Faustball wandern und rollten ihn endlich Alma zu, die in die Mitte getreten war und, den Fuß auf einen Tornister gesetzt, das Sperrfeuer hurtig eröffnete:

»Alle Vögel, sie fliegen – hoch!«

»Hoch!«, schrien die Mädchen, rissen die Hände ihrer Partner mit sich empor und deuteten ihnen das Spiel.

»Alle Lerchen –«, sie stiegen, »alle Drosseln –«, sie winkten, »alle Schwalben –«, sie schwangen, »Gänse –«, sie flatterten, »Hühner –«, sie zuckten und warfen die plumpen Finger, den Oberkörper empor.

»Alle Schweine –«, genarrt gingen einige mit und gaben die ersten Pfänder: Zigaretten, Schuhe und Strümpfe, Gamaschen, Patronenbehälter ...

»Alle Ziegen – Affen – Kamele –«, die Pfänder vermehrten sich, schwollen wie Düngerhaufen an ...

»Alle Tische – Stühle – Kanonen – Baracken – Schilderhäuser –«, schrie Alma konvulsivisch, das Land und das Lager im Rücken und vor sich den trümmernden Saal – – »Fliegen hoch! Fliegen hoch –!«, riefen alle, gaben Pfänder und räumten mit fliegenden Händen das noch eben besetzte Gebiet. Pistolen polterten abwärts, und Feldbecher kippten zur Erde; kurze Messer rammten den Bodenbelag; Konserven, Verbandzeug und Lederriemen wurden hemmungslos hingegeben; ja, wer nichts mehr hatte, schnitt sich einen Knopf seiner Uniform ab und fügte ihn, wie der Geizhals dem Klingelbeutel, zu ...

Ein Tafeltuch, fleckig von Alkohol, ward über den Haufen geworfen; das Lagerkind griff darunter, hielt einen Gegenstand fest und rief mit klingender Stimme, eintönig, unwissend, wie ihm befohlen und mit ihm geübt worden war: »Was soll derjenige tuen, dem dieses Pfand gehört?«

Aus einer Saalecke brüllte zwei, drei Mal ein Trommelwirbel dagegen: Die Kreolin hockte betrunken auf einer Pferdedecke; ihre Arme, welche die Schlägel rührten, kamen schwarz aus dem hellen Hänger, die gespreizten Beine bedrohlich unter dem Röckchen hervor. Von den dumpfen Wirbeln erschüttert, klang ein Fenster, klangen die Gläser nach, schien die rauchige Luft bewegt und das verdüsterte Blut der

Soldaten erinnert zu werden: an Basteien, an kalkige Mauern, vor denen ein Füsilierter blutend zusammenstürzt ... Sie zögerten, murrten schon leise und wollten sich besinnen, als der Leutnant sie wieder vorantrieb und der Feindin, indem er ihr durch das Geschiebe des Volkes entgegendrängte, in französischer Sprache Gewalt antrug: »*Qu'ordonnez-vous au gage touché?*«

Im Rücken des Knaben stehend, die Hand auf seinen Locken, gab Alma die erste Parole aus: Wem dieses Pfand gehöre, der solle ein Licht mit den Lippen löschen, bevor sie auf drei gezählt habe!

Entzückt riefen alle Mädchen: »Holt die Gewitterkerze!« und brachten aus dem Vorraum einen roten Wachsstock herein, entzündeten ihn und schoben den Mann, der sich auslösen sollte, heran. Der Soldat, ernüchtert und ängstlich, begann, sich zur Wehr zu setzen und wollte das Pfand verlieren; doch seine Kameraden, die ihre Ehre verhöhnt und ihre Tapferkeit angezweifelt, ja, unter Beweis gestellt sahen, verlangten, dass er bestehe; sie traten ihm gegen die Beine, und während der Leutnant die Kerze hielt, spie, kaute und küsste der Mann das Licht unter scheußlichen Zuckungen aus. Nun folgte Probe um Probe, und eine war seltsamer, schwerer, als die vorhergegangne; legte Rache, Pein oder dunkle, gewaltsame Züchtigung auf: Das Lagerkind fasste, rief in den Saal, der Trommelwirbel ertönte, und der Leutnant gab Almas Befehle an die Soldaten weiter – sie mussten, auf allen vieren kriechend, eine Peitsche zwischen den Zähnen tragen, einen Bissen vom Boden nehmen; ein Mädchen im Nacken, zu Paaren oder Mehreren um die Wette laufen; sich mit verbundenen Augen entkleiden und die zerstreuten Stücke im Raum zusammensuchen; in einem Spitzenhemd tanzen; einer Hure Wein in die hohle Hand und Geld in die Schuhe schütten; unterm Hüpfseil springen, bis ihnen die Luft und den Mädchen die Laune vergangen war ...

Der Pfänderberg schmolz nieder; sein Gerüste fiel wie der Körper eines drachenartigen Tieres zusammen und ebnete sich ein. Noch dieser und jener Gegenstand wurde rasch, mit verminderter Lust und Grausamkeit, ausgelöst; auch mancher nebenbei, ohne Leistung, zurückgegeben. Schon fegte das Kind die letzten Krümel: einen Lederriemen, ein Schnupftuch vor – als ihm Alma rasch die Medaille des Leutnants ins Fäustchen drückte, die jener vorhin zur Erde geworfen, doch längst vergessen hatte, und der Knabe zum letzten Mal ausrief: »Was soll derjenige tuen, dem dieses Pfand gehört?« Unendlicher Trommelwirbel, von der irren Olga geschlagen, drang durch das Bacchanal. Das Lagerkind hielt an silberner Kette eine dünne Medaille hoch, die, sich langsam drehend, bald eine Inschrift, bald ein von Schwertern durchstochenes Herz im Dornenkranze wies. »Auslösen!«, schrien die Mädchen, nachdem die Trommel verstummt war. Das kriegerische Echo fiel ungestüm fordernd ein; kaum, dass die Männer begriffen hatten, worum es sich handelte, war schon der Offizier auf ihre Schultern genommen und Alma entgegengetragen; dann ließen sie ihn herunter; sie warfen sich, beide erhöhend, auf schwerfällig atmende Bäuche und bestürmten das Weib im Chore: »*Qu'ordonnez-vous au gage touché?*«

Alma, die Arme verschränkend, legte schmerzlich den Kopf in den Nacken und sagte mit brechender Stimme: »Beschreibe deine Frau!«

Der Offizier hob die Hand mit dem Ring entgeistert in Augenhöhe; dann spreizte er seine Finger und blinzelte wie durch ein Gitter die große Hure an; er roch seinen eigenen Körper, der nach Leder, Metall und dem süßlichen Ambra seiner Tänzerin duftete, wurde schwer in dem Becken, finster im Munde, gefangen in sich selbst.

»Ihr Name?«, frug Alma.

»Marie-Geneviève –«

»Und die Wohnung?«

»Paris.« Er fügte die Straße, das Haus, den Stadtbezirk zu.

Als ob mit diesen Worten das Fallgitter niedergelassen, die Bestie befreit worden wäre, schlug er nun sinnlos dem fernen Bild die reißende Pranke ein. Er begann mit dem Haupte; umschrieb es in der fremden, hierauf in der eigenen Sprache: das nächtliche Haar, dessen Schläfenlocken sich sanft nach innen bogen und über die Ohrmuscheln fielen, deren Höhlen beflaumt, aber hellrot wie die eines Kindes erschienen; die rehbraunen Augen, zu tief geschlitzt, um nichts als heilig zu sein; die Wangen, das kurze Kinn, welches unten eingekerbt war; er tastete weiter, fühlte den Hals, die bläulich gemuldeten Schultern, das aufwärts gedrängte, glatte, geschnäbelte Taubenpaar; sank, stürzte, gab ihre Zärtlichkeit, ihre Seufzer, ihr Ermatten preis und verriet sie, mit welcher er eines Fleisches und eines Herzens gewesen war ...

Die Schwermut der ersten Morgenstunden lag lastend über dem Saal. Eine Dirne weinte die Schminke lautlos und ohnmächtig nieder; ein Soldat ließ sich fallen und stöhnte; durch die undichten Vorhänge leckte das Licht der lüsternen Frühe herein.

Mit raschem Griff zog jetzt Alma das Tafeltuch hinweg – sie warf es über den Knaben und hob ihn wie eine Neugeburt, die noch dampft und blutet, empor. Dann, während alle den Atem und ein Erstaunen verhielten, unter welchem die letzte Attrappe hätte stürzen und stäuben müssen, frug sie mit hoher, leiser und merkwürdig klagender Stimme: »Was soll aber jener tun, dem dieses Pfand gehört?« Die schaudervolle Stille eines unbegriffenen Schicksals verbreitete sich im Augenblick; sie fühlten: Das Spiel war aus.

»Was soll aber jener tuen, dem dieses Pfand gehört?«, wiederholte Alma jetzt lauter, trat dicht auf den Offizier zu und sah ihn herausfordernd an.

Der Mann fuhr zurück, wollte lachen und zuckte leicht mit den Achseln; bemerkte, wie sich die Kindesglieder durch das Tafeltuch zeichneten und empfand sie bald wie eine Schlange, bald wie einen Fisch, einen nackten Vogel, der ihn ekelte, ängstete, reizte; gleichzeitig trug er Verlangen, dieses Zappelnde totzuschlagen, bevor es sich enthüllte, und griff mit roher Bewegung den Leib des Knaben an. Ein böses Knurren im Kreise ließ ihn zusammenfahren und wieder unsicher werden; Alma jedoch, laut schreiend, rief ihm zum dritten Male, Schaum in den Mundwinkeln, zu: was jener tuen solle, dem dieses Pfand gehöre?! Die zornige Soldateska, aufständisch, maßlos betrunken, fiel in das Schreien ein. Empörung brach los und heulte im Rücken des Offiziers; Beschuldigung flammte wie Funke im Stroh mit rasender Eile empor, und die unerklärliche Helle, in welcher Berauschte den tieferen Sinn einer menschlichen Handlung sehen, erleuchtete ihnen, was Alma gleichnishaft ausdrücken wollte: dass der Knabe des Leutnants Kind und jener also verpflichtet wäre, ihn wieder einzulösen und das gemeinsame Heeresgut, das Siegel ihres Sieges und Unterpfand der Besetzung heil über die Grenze zu retten. Dazu trat, dass jeder von ihnen an diesem Lagerknaben ein dunkles Schuldgefühl abgebüßt, ihn beschenkt und das edlere Teil seines Wesens an ihm verhaftet hatte, er war das Eigentum aller geworden, das Patenkind des Heeres; wer ihn kränkte, verfiel dem Standrecht der kriegerischen Stunde, deren Zeiger schon schwarz hinübergingen.

Vergeblich suchte der Offizier die Irrenden abzuwehren, das Toben zu durchdringen. Er wollte beweisen, erklären; er hob zwei Schwurfinger, riss seinen Degen gewaltsam aus der Scheide und legte ihn auf das Tuch … Betroffen wichen jetzt einige, von Zweifeln erfüllt, zurück und wollten sich langsam wenden – da ließ Alma die Decke zur Erde fallen; sie stellte das Kind auf die Beine und flüsterte ihm ins Ohr. Gleichzeitig löschte das Elfenballett die künstliche Beleuchtung und schlug die Vorhänge auf; das regenblasse Gesicht dieses madigen Sommers stand böse und schleimend in dem Saal. Von Lemuren umgeben, abgelebt und schrecklich überaltert, erblickte jeder den anderen und sah ihn ungläubig an.

Das Lagerkind schluchzte leise; es schwankte vor Müdigkeit und wollte doch gehorchen; so begann es mit zitternder Stimme, wie ihm befohlen war:

»*En revenant de Versailles …*«

»Versailles! Versailles!«, jauchzten alle, sich selbst zurückgegeben, und glaubten die Herkunft des Knaben durch die vertraute Sprache, die Anmut der kindlichen Lippe, seinen tapferen Stolz schon bewiesen.

> »En passant dedans St. Cloud,
> Je trouvais un p'tit bonhomme
> Portant sa femme à son cou.
> J'ai assez de ma femme,
> L'achèterez-vous?«

»*J'ai assez de ma femme, l'achèterez-vous?*«, johlten Männer und Weiber gemeinsam den furchtbaren Refrain.

Das Kind hob ein Fingerchen, streckte es lächelnd, wie man beim Spielen tut, aus und deutete jetzt gespenstisch auf den starrenden Offizier:

> »Je lui dis: p'tit bonhomme
> Qu'avez-vous à votre cou?
> Je porte ma femme à vendre,
> Monsieur, l'achèteriez-vous?
> J'ai assez de ma femme,
> L'achèterez-vous?«

»*J'ai assez de ma femme, l'achèterez-vous?*«, wies das Heeresvolk lachend und höhnend auf den verfallenen Führer, der mit speichelnden Lefzen, rötlichen Blicken, dem eingekreisten Eber einer lustigen Treibjagd ähnlich, geduckt im Kreise stand.

Von der allgemeinen Begeisterung bestärkt und mitgerissen, sang der Knabe in kindlichem Stolz laut und durchdringend weiter:

>>Je porte ma femme à vendre,
Monsieur, l'achèteriez-vous?
Elle m'a coûte cinq cents livres,
Vous la donn'rai pour cinq sous.
J'ai assez de ma femme,
L'achèterez-vous?<<

>>J'ai assez de ma femme, l'achèterez-vous?<<, stieß man schäkernd den Mann in die Seite, überschüttete ihn mit Kupfergeld, hob dann von Neuem das Lagerkind auf, und da es die Soldaten, der Kerzenfresser voran, hoch über ihren Köpfen dem Leutnant entgegentrugen und Hornsignale, vom Wind verweht, aus den Barackenstraßen schreckhaft herübertönten, ein Pferdetrappeln vernehmbar wurde, erregte Flöten zu schreien und Befehle ihren Stafttenlauf von Mann zu Mann begannen, rief Alma triumphierend, ausladend und gesättigt von allersüßester Rache: >>Für Marie-Geneviève! Bringt es hin zu ihr! Bringt es hin zu Marie-Geneviève!<<

Zu >>Marie-Geneviève –!<<, wiederholten die Huren, wiederholte das Heer der Gemeinen, fügte Stadt und Straße und Hausnummer zu und hatte den Leutnant gefällt. Der Offizier wollte reden, bewegte die Lippen, röchelte nur und den Blick auf Alma gerichtet, die ihm glühend und unausweichlich, eine Todesgöttin, entgegensah, ertastete er den Revolver und schoss sich die letzte Kugel in den aufgerissenen Mund – –

Kurz danach rollten eilige Wagen, von munteren Tieren gezogen, an den offenen Fenstern vorüber zum Bahnhofsgebäude hin ...

Dort kam, zwei Tage später, eine Frau, die man kaum beachtete, an und wurde von einem Verwaltungsbeamten der Lagerstadt empfangen. Sie bestiegen ein Auto, und während der Mann mit gedämpfter Stimme Erklärungen gab, welche zart und richtig zugleich den Tod des Leutnants umschrieben, fuhr der Wagen die helle Chaussee entlang, sehr sandigen Äckern vorüber, an Wegesrändern und Wiesenflecken mit hohem Gras vorbei, wo das Heuen bereits begonnen hatte und hier und dort eine Sichel durch bleiche Halme schnitt; hierauf zwischen Kiefernbäumen und abgeblühtem Ginster, Rainfarn und wolligen Königskerzen, die dem zerstörten Walde, wo der Hausrat toter Kasernen wie in Träumen herausgestellt war, schon das Gepräge der Einsamkeit gaben und ihn sonnengelb, weichlappig, färbten; dann bogen sie in die Lagerstraße, in eine Platanenallee, eine Gasse von Wellblechhäusern und Backsteingebäuden ein und hielten endlich, gehemmt von den Körnern der grasüberwachsenen Wanderdünen, am Offizierskasino.

In dem Saal zu ebener Erde stand auf zwei rohen Stühlen der Sarg mit den Überresten des toten Marodeurs; er war bereits geschlossen, bedeckt mit der Trikolore, welche trauernd darüberfiel.

Marie-Geneviève kniete stürmisch hin und schüttete ihre Gebete, wie ein Kind, das zum ersten Mal sät, an dieser Stelle aus; dann kehrte sie wieder in sich zurück und ordnete besonnen die Überführung an. Indem sie sich noch unterredete, kam der Lagerjunge, Skabiosen und Wucherblumen tragend, auf den Zehenspitzen herein. Die Fremde erblickte den Knaben, von dessen Dasein man ihr berichtet, und um welchen die Dorfgemeinde, in der Hoffnung sich gütlich zu einigen, mit den französischen Heeresbeamten bereits verhandelt hatte. Sie wandte sich ihrem Begleiter zu, erfrug den Namen, den Umstand und die jetzige Wohnung des Kindes, hob sein Gesicht in die Hände und sah es lange an. Von Tränen überblendet, vermochten ihre Augen zunächst nichts zu entscheiden; doch als die Tropfen gefallen waren, vermeinte sie, den Gatten in diesem Kind zu erkennen; wurde unsicher, prüfte aufs Neue und fand die Züge Frankreichs, des vielgeliebten, wieder: so küsste sie mit Überwindung den ausgestoßenen Knaben und führte ihn nach Paris.

Nicht lange, und die Räumung war auf den Tag vollendet, das Lagerfeld verödet, und das Bordell stand leer. Venus war fortgezogen, und um die Überreste der ausgefegten Kasernen: um eiserne Öfen, Feldbetten, Bänke, die schon zusammenfielen und rasch versteigert wurden, feilschte gierig der Totenführer der dunklen Zeit: Merkur. Dann kam nach einigen Wochen eine Truppe von Männern zum Lager und sprengte die letzten Patronen und Handgranaten aus. Die Erde zitterte, dröhnte, erbebte in ihren Tiefen, und unter den dumpfen Schlägen ging Mars zur Ruhe ein.

Lightning Source UK Ltd.
Milton Keynes UK
UKHW020031210821
389211UK00002B/313